Hermann

Zeitspringer

Deutschlands letzte wirkliche Helden,
Seherinnen, Rittersleut', Höhlenmenschen...

Hermann

Zeitspringer

Deutschlands letzte wirkliche Helden,
Seherinnen, Rittersleut', Höhlenmenschen...

Originalausgabe

H. A. - Center
Bekannt für schwache Grammatik,
aber mächtigen Inhalt
Giradetstr. 2-38
45131 Essen
Tel. : 0172/5208929
E-Mail: hermann.zu@historia-aktiv.de

Historia Aktiv™ Zeitspringer

Erste Auflage

Redaktion: Harald Eisenmenger
Deutsche Erstausgabe
Text © Copyright 2000 by Hermann
Titelbild © Copyright 2000 by Hermann
Alle Rechte vorbehalten.
Layout: Hermann
Idee: Hermann
Umschlaggestaltung: Hermann
Gesamtherstellung: Libri - Books on Demand
Printed in Germania 2000
ISBN: 3-8311-0770-X

Inhalt

Zeitspringer
von Hermann Zu

Deutschlands letzte wirkliche Helden , Seherinnen, Rittersleut', Höhlenmenschen ...

Vorwort

Die im Folgenden berichteten tatsächlichen Begebenheiten handeln von Leuten, die zwar heute leben, aber doch eine Verbindung zu historischen Mythen suchen. Oft führte hier ihre Beschäftigung mit alten Sagen und Mythen zu einer fast ängstlichen Identifikation mit der entsprechenden Epoche oder mit einer legendären Gestalt. Zwar gibt es in Deutschland mittlerweile einige Gruppen von Freizeitrittern, die sich bei gegebenem Anlaß in silber bemalte Woll-"Kettenhemden" werfen; aber nur ganz wenige von denen würden auch einmal ein richtiges Kettenhemd anziehen und in einen Kampf einsteigen, der nicht vorher abgesprochen ist. Ein im Folgenden geschilderter Kämpe z.B. würde auch im privaten Bereich nicht eine Kluft zu seiner eigentlichen Passion zulassen und so etwa auch im „Alltag" noch zu seinem „Ehrenwort" stehen.

Wenn auch die Aktivitäten, die die historisch Interessierten entfalten, sehr verschieden sind, so haben sie doch gemeinsame Nenner. Da wird oft monatelang gearbeitet, um eine bestimmte historische Tracht nachzuarbeiten. Da werden Geld und Freizeit geopfert, auch ohne einen Sponsor, der die ganze Sache vielleicht auch mal unterstützen könnte. Ja, zum Teil scheuten die Betroffenen regelrecht die Öffentlichkeit, denn ihre oft recht unangenehmen Erfahrungen mit Presse, Funk und Fernsehen ließen sie mißtrauisch werden. Es kostete mich schon einiges an Überredungsvermögen, sie überhaupt für dieses Werk zu gewinnen.

Die Beschäftigung nun mit den eigenen „Wurzeln" führte bei ihnen nicht nur zu mehr Freizeitspaß, sondern wurde bei dem einen oder anderen zum Lebensinhalt schlechthin.

Ihre „zeitlosen" Erkenntnisse sind dennoch von recht aktueller Qualität und nicht etwa antiquarisch. Sie treten zwar nicht geraden einen Kreuzzug für ihre Einstellung an, aber sie nehmen auch gegebenenfalls kein Blatt vor den Mund, selbst wenn das nicht unbedingt geschäftsfördernd ist.

Wenn sich auch einige der Hauptakteure untereinander kennen, so doktern sie selbst im Grunde genommen individuell herum. Sie versuchen, ihr spezielles Anliegen voranzu-treiben und haben nicht selten Schwierigkeiten, dies in unserer geordneten und zum Teil recht bürokratisierten Gesellschaft zu tun.

Natürlich muß jeder historisch Interessierte ein Gesamtwissen über geschichtliche Zusammenhänge besitzen. Ja, der barbarische Krieger mußte zugleich auch Priester und Heilkundiger sein in alter Zeit. Und so begreift sich wohl jeder nicht als Fachidiot, sondern teilt die Erfahrungen „vieler Leben seit der Urzeit".

Ihr manchmal recht abenteuerlicher Lebenswandel wird hiermit erstmals einer breiten Öffentlichkeit vorgestellt. Es mag dazu beitragen, ein neues Verständnis gegenüber Individualisten und Sonderlingen schlechthin zu schaffen, aber auch die eigene Historie und ihre aktuellen Bezüge besser begreifen zu lernen. Der eine oder andere wird sich auch nachdem Lesen dieser Lektüre auf den Weg nach der Suche seines eigenen Faibles begeben.

Fotos für Walhalla

Einigermaßen außer Atem sind wir schon, als wir die Kuppe der bewaldeten Anhöhe erreichen. Vor uns tut sich eine Lichtung auf, auch wenn es nicht später Abend gewesen wäre, so hätte man sicherlich eine weite Aussicht genießen können, hier an den Ausläufern des Harzes. Zusammen mit meiner Begleiterin - ebenfalls eine Journalistin – habe ich mich aufgemacht, um etwas Ungewöhnliches aufzuspüren. Aufgebrochen sind wir gerad so wie ein Weidmann, der sich zu später Stund auf die Pirsch begibt, oder ein Naturschützer, der eine seltene Spezies beobachten möchte. Nachdem wir uns nun buchstäblich über Stock und Stein und durch nasse Wiesen hindurch auf die Höhe emporgekämpft haben, weiß ich immer noch nicht so recht, was mich hier erwarten soll. Meine Begleiterin hat sich, wie es ihre Art ist, in Geheimniskrämerei geübt. Doch die Kamera, die sie leger über die Schulter gehängt mit sich führt, zeigt mir, daß auch sie etwas Besonderes erwartet und sich der mühevolle Aufstieg wohl lohnen würde. Beinahe haben wir die Anhöhe gänzlich erklommen, da hält sie mich am Ärmel fest und gebietet mir mit einer Bewegung, still zu sein. Da, jetzt erkenne auch ich, was sie bemerkt hat.

Etwa zwei Dutzend Schritt entfernt vor uns kniet ein wunderschönes Mädchen. Wenn die vorbeiziehenden Wolken einmal kurz aufreißen und der fahle Mond die Lichtung ein wenig erhellt, so sehe ich doch, daß das Mädchen kaum bekleidet ist. Lediglich eine Art Ledertrikotage ist um ihren drallen Körper gelegt. Ihre Kurven sind gerad von der Art, die wohl die meisten Männer schätzen, und auch ansonsten entspricht das Mädchen mit den langen blonden Zöpfen einfach dem Urbild weiblicher Sexualität.

Plötzlich bemerke ich eine andere Gestalt, die aus dem Halbdunkel der angrenzenden Bäume hervortritt. Unzweifelhaft ist dies ein sehr großer, sehr muskulöser Mann. Irgend etwas scheint er auf dem Kopf zu tragen; und als er schließlich näher heran ist, erkenne ich einen geschmückten Wikingerhelm.

Auch sonst scheint er wie aus einer alten Sage entsprungen zu sein. Seine mit Muskelsträngen gepanzerten Gliedmaßen werden von genieteten Leder- und Fellman-schetten eingefaßt. Während er einen germanischen, grell bemalten Rundschild über der Schulter trägt, hält er in den Händen eine riesige Doppelaxt. Ein - soweit ich es sehe - purpurner Mantel liegt wie ein Schatten von hinten über der Gestalt des Mannes und verleiht ihr noch mehr Kraft.

Der Recke geht weiter und schließlich erreicht er das Mädchen, das immer noch in der knieenden Haltung verharrt ist. Mit fast höhnischer Gebärde steht der Riese vor der Frau und hebt die Streitaxt gleichsam, als wolle er sie im nächsten Augenblick herniedersausen lassen.

Ich habe während verschiedener Reportagen schon eine Reihe merkwürdiger Erlebnisse gehabt, aber dies stellte nun alles in den Schatten. Mir war bekannt, daß neumodischer Mystizismus zum Teil recht seltsame Blüten treibt, aber die ganze Szenerie wirkte nun nicht etwas gekünstelt und gestellt, sondern für einen Augenblick glaubte ich tatsächlich, daß der Mann seine Waffe gebrauchen würde. Während ich meinen Blick zu meiner Begleiterin richte und diese ebenso fasziniert die Szenerie verfolgt, zucken plötzlich grelle Blitze durch das Halbdunkel. Immer wieder von neuem flackern die Lichter auf und meine Überraschung verwandelt sich in ein Schmunzeln. Es sind Blitzlichter, die da durch die Nacht zucken, und meine Begleiterin ermuntert mich, auch zur Kamera zu greifen. Immer wieder von neuem veränderen der Recke und das Mädchen zu seinen Füßen leicht ihre Position und immer wieder von neuem flackern die Blitze der Fotografen auf.

Zwei Tage später sitzt mir der Wikinger gegenüber. Wenn das Meeting nicht abge-sprochen worden wäre, so hätte ich ihn mit Sicherheit nicht wiedererkannt. Winfried W. sitzt in dem modern gestylten Büro seines Apartments in einer Kleinstadt NRW's. Das wallende Heldenhaar hat er streng zurückgekämmt und seine mächtigen Gliedmaßen sind von einem Nadelstreifenanzug verdeckt. Bereitwillig, ja fast kumpelhaft gibt er mir Auskunft über die Geschehnisse auf der Waldhöhe.

Eigentlich ist Winfried W. ja Werbefachmann. Nachdem ihm eine Freundin die alt-nordischen Sagas nähergebracht hatte, entdeckte er sein eigenes Faible für dieses Thema. Fortan machte er sich zum Ziel, zu erfahren, inwieweit man auch heute noch die Heldenepen vergangener Zeiten umsetzen kann. Einen der vielen Bereiche, in dem er seitdem versucht, die Kultur der hünenhaften Altvorderen zum Leben zu erwecken, ist dabei die mittels gestellter Szenen vor der Kamera. Winfried legt dabei sehr viel Wert darauf, daß die „gestellten" Szenen möglichst real sind. Das heißt, nicht nur der Ort,   Requisite muß exakt dem der „alten Tage" entsprechen, nein, selbst der Schweiß und das Blut, das zuweilen auch fließt, sind echt. Hierfür hat sich Winfried schon so manchen Liter Blut von einer befreundeten Krankenschwester abzapfen lassen.

Seine Fotos fanden eine derart gute Aufnahme, daß er sie sogar in einem Bildband zusammenstellte und die einzelnen Fotos jeweils mit Gedichten und Epen vergangener Tage in Zusammenhang brachte. Kein Wunder, daß dieses Werk bei entsprechenden Interessierten auf helle Begeisterung stieß.

Ich frage ihn, warum er das überhaupt tut. Wenn er sich doch nur für eine althergebrachte heroische Lebensweise interessiert, so kann er dies doch auch ohne den ganzen Auf-wand mit Reportern, Kameraleuten etc. tun. Und mit leichtem Schulterzucken erwidert er schließlich: „Ja, sicherlich ist der Aufwand, der getrieben wird, um einen Normalbürger von heute einen Einblick in vergangene Zeiten zu geben, entsprechend groß, ja manchmal auch nervend, langweilig und ermüdend. Aber ich denke, es ist ein gutes Medium, um einem Otto Normalverbraucher auch einmal zu zeigen, daß es noch andere Lebensformen gab und eventuell wieder gegen könnte!"

Der Schatzsucher von Berlin

Wer weiß schon, was der Name seiner Stadt bedeutet? Gerade in einer Stadt wie Berlin wird sich diese Frage wohl kaum jemand stellen. Schließlich prangt an allen Ecken und Enden der Riesenmetropole das Wappen mit dem tapsenden Bären. Daß der ursprüng-liche Sinn des Namens der wiedergewordenen Hauptstadt Deutschlands aber ein anderer war, erfuhr ich durch Zufal und lernte hierbei auch einen ungewöhnlichen „Goldschürfer" kennen.

Ich war durch die Straßen Kreuzbergs geeilt, um der großen Mittagshitze schnellstmöglich zu entkommen. Wie in jeder Großstadt reflektierte der viele Asphalt und Beton die Wärme der hochstehenden Sonne gerad wie ein Backenofen. Während ich so im Verlauf meines Aufenthaltes von Termin zu Termin eilte, warf ich hier und da einmal einen Blick in die unzähligen kleinen Kellergeschäfte, die von beiden Seiten die Straße einsäumen. Hinter den reflektierenden Schaufensterscheiben erfaßte mein Auge einen goldigen Schimmer. Ich war schon zwei Häuser weiter, als ich mich im Laufen umwandte, um diesem „Flash" nachzugehen. Als ich das Fenster des winzigen Ladens wieder erreicht hatte, erkannte ich, daß meine „Momentaufnahme" den Schein des ungewöhnlich großen und unge-schliffenen Bernsteines eingefangen hatte. Auch die anderen ausgestellten Stücke waren von dem „besonderen Reiz", der mich trotz meines Termines die Stufen in den Laden hinab gehen ließ.

Auch die hier zu sehenden Colliers, Ringe und anderen Schmuckstücke waren von unge-wöhnlicher Ausstrahlung. Ich sah viele verschiedene, gänzlich unbehandelte oder kaum bearbeitete Edelsteine. Den überwiegenden Teil bildeten aber dennoch die Bernsteine.

Jeder halbwegs Interessierte weiß ja um die uralte Bedeutung des Bernsteins - nicht nur für den Fernhandel, sondern auch um die Sagen und Legenden, die sich um dieses „Harz" bildeten. So etwa, daß schon die Mauern der Tempel des legendären Atlantis mit flüssigem Bernstein überzogen gewesen sein sollen. ...

Als mir dann der Ladeninhaber gegenübersteht, wird schnell deutlich, warum ich auf diesen Laden stoßen sollte. Denn der Chef, Sven P., ist im Laufe der Zeit nicht nur ein fast besessener Experte in Sachen Bernstein geworden, sondern sein Laden ist mittler-weile zu einem regelrechten Geheimtip bei allen Interessierten der Szene in Berlin geworden.

Das wesentliche für Sven ist aber, daß er nur Steine verwendet, die er auch selber vorher entdeckt hat!

Kaum sollte man so etwas für möglich halten. Daß in einer modernen Stadt, die zumeist tausendmal umgegraben wurde, überhaupt noch ein Stein von irgendeinem Wert unent-deckt geblieben ist. Doch Sven versichert mir, daß dies durchaus der Fall sei, und die Stadt Berlin nicht umsonst ihren Namen von dem Bernsteine ableiten würde.

Meine Zweifen schwinden sehr rasch, denn nicht nur, daß Sven durch seine Arbeit unge-wöhnliches Geschick und Geschmack bezeugt, nein, er sieht auch nicht aus wie jemand, der „vom Leisten zieht". Er ähnelt eher einem netten Studenten von nebenan. Mit hochge-wachsener Figur, blonden Haaren und einem offenen Gesicht hat er dennoch nicht viel gemeinsam mit jemandem, den man für einen Goldgräber hält. Jedem fallen wohl sofort die amerikanischen Wildwest-Goldwäscher ein. Diese halben Trapper mit ihren langen Bärten und losem Mundwerk. Doch Sven ist, abgesehen von seinem Stoppelbart, ein eher zurückhaltender, ruhiger Typ, trotz seiner vielen Informationen, die er freiwillig weitergibt.

Seine Arbeit hatte Sven vor einigen Jahren aufgenommen. Schon immer hatte ihn das goldgelb bis rötlichorange schimmernde Naturgestein fasziniert. Als er dann selber Hand an den Stein anlegte, sah, wie er ihm seine ursprüngliche Schönheit erhalten, doch von dem Staub der Jahrhunderte befreien konnte, als er durch Literatur auch noch die uralten Überlieferungen über diesen Stein erfuhr, da widmete er sich fast nur noch diesem Thema. Er eröffnete seinen Edelsteinladen, der zwar nicht gerade groß oder auch besonders vornehm eingerichtet ist, aber gerade dadurch eine gediegene Atmosphäre für seine Schätze bildet.

Als wir uns dann einige Tage später aufmachen, wirklich nach dem „Gold des Nordens" zu schürfen, wirkt die ganze Szenerie doch etwas unromantisch. Mit Schaufel und Spaten bewaffnet durchstreifen wir einen der Vororte Berlins in Gummistiefeln. Fast werde ich etwas mißmutig, als sich die ersten Schwielen an meinen Händen bilden und wir immer noch nichts gefunden haben. Doch dann - er erste, der zweite, der dritte Splitter von Bernstein.

Sven setzt sich neben den aufgeschaufelten Haufen Erde. Er schlägt seine Beine in Bluejeans übereinander, lehnt sich zurück und betrachtet das Gestein vom Nahen, indem er es in die Sonne hält. Kaum wäre unser Fund von gewöhnlichen Feldsteinchen zu unterscheiden gewesen, so roh und eingesandet wie er jetzt ist. Aber bei genauerem Hin-sehen erkennt man schon die dunkelorange bis gelbe Färbung.

Ein wenig stolz bin ich schon auf meinen Fund. Natürlich ist der reine Handelswert des Bernsteins verschwindend gering. Natürlich wird in jedem Kaufhaus Bernsteinschmuck aus östlichen Staaten zu Dumpingpreisen angeboten. Aber selbst, wenn man keinen Wert auf eine individuelle Verarbeitung legen würde wie Sven P., selbst man keine Bereiche-rung darin sieht, den Stein in seiner ursprünglichen Schönheit zu erhalten, möglichst wenig an ihm wegzuschleifen und gewissermaßen die eigene Qualität des Steines für sich sprechen zu lassen, nein, wichtig ist für mich neben all dem etwas anderes.

Es ist eben ein selbst gefundenes, uraltes Stück Geschichte. Dieses seit frühesten Zeiten auch von fernen Ländern geschätzte Gestein haben wir eigenständig aus dem Erdboden befreit. Entstanden in einer Zeit, als vielleicht noch kein Mensch in diesem Raume siedelte, haben wir sie jetzt ans Licht des 20. Jahrhunderts befördert - in einer riesigen Metropole Europas.

Der Fundort eines Steines wird bei dessen Besitzer sehr häufig nicht genügend bedacht. So ist nach alter Auffassung auch ein jeder Edelstein mit der Stelle, wo er gefunden wurde, in Verbindung stehend. Quasi wie ein Kind sich zur Mutter oder zur Familie verhält. Deswegen legt Sven in seinem Kreuzberger Laden auch besonderen Wert darauf, daß der Bernstein fast ausschließlich von ihm selber gefunden und in Berlin zu Tage befördert wurde.

Ich setze mich zu Sven und wische mir mit dem Ärmel meiner Jacke den Schweiß von der Stirn. Er erklärt mir den esoterischen Gesichtspunkt seines Handelns. Nach antiken Auf-fassungen sollen die Steine wie die Mineralien im Erdbogen heranwachsen. Also gleich-sam wie Pflanzen gedeihen. Im Mittelalter glaubt man z.B., daß eine erschöpfte Goldmine sich wieder erholen würde, wenn man sie ein paar Jahre brachliegen lassen würde und sie somit Zeit hätte, von neuem Goldadern wachsen zu lassen. In Zeiten, als den Menschen die Erde noch heilig war, galt natürlich jede Art von Handwerk in und an der Natur als ritueller Vorgang. Ja, nun wird mir auch klar, warum Sven ausgerechnet kurz vor dem höchsten Sonnenstand aufgebrochen war, um die anstrengende Arbeit zu verrichten. Unter magischen Aspekten gesehen, war dies der richtige Zeitpunkt. So begreift er sich denn auch wie jene Handwerker und Künstler der Vorzeit als jemand, der an der ewigen Geburt der Edelsteine teilhat. Er sieht sich wie die Menschen früherer Tage, als „Geburtenhelfer" von einem kosmischen Prinzip. Daß er selber hierfür weder eine alter-tümliche Ausrüstung verwendet, noch viel Wert auf nach außen getragenes mystisches Brymborium legt, ist für ihn kein Hindernis, seine Rolle des gleichen zu verstehen. Sven ist für mich der beste Beleg, wo jemand mit einfachsten Mitteln und nur aufgrund seiner eigenen Imagination eine Verbindung zwischen Historie und Gegenwart geschafft hat.

Die Weihegesandtschaft der Hyperboreer

Eine recht eigenwillige Gesandtschaft machte sich vor einigen Jahren zu Fuß auf den langen Weg nach Ägypten.

Die beiden jungen Leute waren durch die Schriften des Forschers Walther Machalett auf die uralten Beziehungen früher Völker aufmerksam geworden. Sie wollten selbst die Weihegesandtschaften von Germanen (gr. Hyperb.), Griechen und Ägyptern neu zum Leben erwecken.da sich noch heute der Weg bis ins Niltal rekonstruieren läßt, machten sich die beiden auf die Reise.

Dabei sind Axel und Ehna nicht gerad die sportlichsten Zeitgenossen. Außerdem schleppten sie auf ihrem Handkarren noch gut einen Meter Bücher mit, während sie ihn über die Alpen zogen (Ehna übrigens Barfuß!!!).

Viele Abenteuer erlebten die beiden Gesandten auf dem Pfad ihrer Ahnen, so etwa als sie auf einem Pass beinahe abstürzten. Obschon sie gerade in Jugoslawien in jedem Dorf begeistert begrüßt wurden, endete ihre Mission „schon" nach 3.000 km.

Politische Unruhen in vor ihnen liegenden Gebieten waren ein Grund. Ehna hatte außerdem Liebeskummer, da sie sich einen Tag vor dem Aufbruch verheiratet hatte. Trotzdem war sie mitgegangen, um ein Zeichen zu setzen, daß auch heute noch eigener Volksstamm und Völkerverständigung keine gegensätzlichen Begriffe sind, sondern im Gegenteil untrennbar miteinander verbunden sind.

Axel zog übrigens nolch weiter, um schließlich ein halbes Jahr in einer griechischen Höhle zu meditieren.

Die Runenhexe läßt Götter reden

Ich halte die Augen geschlossen. Nur leises Gemurmel der Beteiligten in der Runde hier in diesem altehrwürdigen Schlosse Schwabens ist zu vernehmen. Duft von Räucherwerk steigt auf. Es riecht nicht nur süßlich, doch bei aller Intensität eher angenehm. Während ich einen leichten Druck an meiner rechten Schulter von einer Hand spüre, öffne ich zaghaft die Augen wie die anderen Beteiligten in der runde. Jetzt erfaßt mein Auge die eigensame, gast weltfremde Szenerie.

Ich war ja mit geschlossenen Augen in diesen uralten, abseits gelegenen Saal des Gemäuers geführt worden. Obschon ich etwas erstaunt bin über das, was ich hier sehe, versuchte ich doch, meigene eigenen Mutmaßungen über das hier zu sehende hintenan-zustellen. Die Erfahrung meines Weges durch das historisch aktive Deutschland haben mich gelehrt, erst einmal abzuwarten. Die Decke des Saales erhebt sich wie eine Kuppel und seine kreisförmigen Wände verlieren sich im Halbdunkel. Nur ein schwaches Feuer, das in der Mitte der Runde steht, spendet ein wenig spärliches Licht.

Wie Mitglieder eines uralten Ordens wirken die Personen, die mit mir in der Runde um das Feuer sitzen. Ich erblicke Frauen und Männer, die abwechselnd jeweils in schwarzer oder in weißer Tracht nebeneinander Platz genommen haben. Gemeinsam ist allen, daß sie ein großes wappenartiges Symbol auf ihrer Brust tragen. Während wir noch einige Augenblicke schweigend verharren, erhebt sich plötzlich eine Frau und tritt aus dem Kreis auf das Feuer zu.

Die Haare der Frau fallen in langem, blondem Glanz über Ihre Schultern. Das wallende, bodenlange Kleid verleiht ihrer kräftigen Statur noch mehr Größe. Sie erscheint mir als Urbild der walkürenhaften Frau der Nordens.

Nachdem die Frau schließlich die Mitte des Kreises erreicht hat, bleibt sie stehen, verharrt einen Augenblick in dieser Stellung und erhebt schließlich die Arme, indem sie zu den germanischen

Göttern ruft. Hierauf greift sie in einen ledernen Beutel, der an ihrem Gürtel hängt. Sie zieht gut zwei Dutzend Holzstäbe hervor. Noch sehe ich nicht, was die Holzstäbe besagen, jedoch erfahre ich hinterher, daß auf ihnen Runen und andere Sinn-zeichen eingeritzt sind. Nachdem die Frau die Stäbe einige Augenblicke in den Händen gehalten hat, wirft sie sie schließlich mit einer entschiedenen Geste zu Boden. Hell erklingt der Raum von den zu Boden fallenden Holzstäben. Sie bückt sich, um erneut einige der Stäbe aufzuheben. Jeden einzelnen nun hält sie ausgestreckt in den Händen und verkündet ihre Bedeutung. Obschon die anderen im Kreise immer noch ruhig sind, spüre ich doch die offensichtliche Spannung der Beteiligten, die sich hier aufgebaut hat.

Sigrun S. ist nicht nur Leiterin ihres schon vor Jahrzehnten gegründeten Ordens. Sie versteht sich selber nicht nur als Seherin, Heilerin, sondern auch als Astrologin und Wissende im Zusammenhang mit geschichtlichen Ereignissen.

Fast mehr noch als jeder andere, den ich bei meiner Rundreise antrag, hat sie selbst eine derart große Identifikation mit ihrer Rolle übernommen, so daß nicht nur sie, sondern auch diejenigen, die mit ihr zusammentreffen, von ihrem eigenen Handeln überzeugt sind. Der Wirklichkeit ihres Wesens tut es auch keinen Abbruch, daß sie mit süddeutschem Akzent fast lässig über höchst mystische Dinge wie die Götter der germanischen Edda redet. Im Gegenteil, denn sie sieht die Götter nicht als eine entfernte Macht, sondern als lebende Wesen, die sie tagtäglich begleiten.

Wenn sie auch von öffentlicher Seite keine Unterstützung erhält und von christlicher Seite nicht selten angefeindet wird, so sind ihre Leistungen in Sachen Frühgeschichte sehr bemerkenswert. Sie war eine der allerersten, die überhaupt das Thema germanische Götter wieder selbst in sogenannten interessierten Kreisen zur Sprache brachte. Kein Wunder, daß in einem Zeitalter vo New Age und Esoterik sich immer mehr Leute auch für ihre Arbeit interessieren. Und so umfaßt ihre eigene Mysterienschule schon eine reiche Zahl (das ist das einzige, was sie Reportern nicht verrät) von Mitgliedern.

Der seherisch begabten Frau galt von jeher bei den Germanen ein hohes Ansehen. Mag sein, daß ein Teil ihres Charisma nicht nur auf ihre Natürlichkeit zurückzuführen ist, sondern eben auch auf ihr fast klassisches Aussehen. Auf jeden Fall ist Sigrun S. eine, die nicht nur redet, sondern auch handelt.

Zum ersten Male seit hundert Jahren wurde eine Edda-Übersetzung im vollständigen Textlaut von ihr selbst herausgebracht. Jeden Monat erscheint auch für Nicht-Ordensmitglieder eine „mühselig zusammengeschusterte" Zeitung über aktuelles Zeitgeschehen, esoterische Veranstaltungen, germanische Aktivitäten etc.. Neber ihrer Presse-, Ritual- und publizistischen Aktivität ist sie auch noch Mutter von acht Kindern und muß sich um ihren eigenen Hof kümmern. Die Kraft für all dieses Tun geben ihr ständig die Götter, wie sie versichert.

So sagt sie, daß sie nicht nur ihr tagtägliches Handeln, sondern auch ihr ursprüngliches Wissen mit und durch die Götter bestreitet. Sie hat sich zwar auch mit den Forschern der Prähistorie beschäftigt, allerdings so grundlegende Erkenntnisse stammen nach ihrem Bekunden eben von Wodan persönlich.

Wie bei den meisten, die sich auf das germanische und keltische Erbe Deutschlands beziehen, so wies auch Sigrun S. trotz Sigrun-Symbolen eine Verbindung zum Rechts-radikalismus stark von sich. Nicht selten versuchen Presse und Sektenkreise, sie in dieses Klische abzudrängen. Aber nicht nur magisch-rituell, sondern auch rein weltlich-rechtlich verstehen es heutzutage die Betroffenen, sich gegen derartige Ver-unglimpfungen zu wehren. Einmal ganz davon abgesehen, daß Hitler selber nie Mitglied einer germanischen Vereinigung war und Josef Goebbels Jesuitenschüler. Im Gegenteil suchen Leute wie Gudrun S. die wirkliche Basisdemokratie der „alten Germanen" wieder neu zu beleben. Sie sind es, die dem persönlichen und unvoreingenommenen Interessierten Alternativen aufzeigen zu der Information der Massenmedien.

Das eingangs geschilderte Ritual des Weissagens mittels Runenstäben ist hier nur ein Bestandteil eines allumfassenden und tagtäglichen Lebens mit den Göttern und der Ver-gangenheit.

Da Sigrun S. Neuinteressierten wie mir mit einer großen Aufgeschlossenheit und Herz-lichkeit gegenübertritt, ist es verständlich, daß im Zeitalter, wo viele nach Alternativen für ihr Leben suchen, sich ihre Mitglieder in ganz Europa finden. So erklärt es sich, daß die Hausfrau aus dem Süden Deutchlands mittlerweile Einladungen zu Ritualen und wissen-schaftlichen Vorträgen aus aller Herren Länder erhält.

Der Rattenfänger

Schon wieder irgend soein Straßensänger, denken viele der Passanten. Manch einer möchte sich wünschen, daß bei dem Gedudel, das hier z.t. produziert wird, ein Verbot für Straßensänger erhoben wird, gerad so, wie es z.B. in den U-Bahnen von London der Fall ist. Die Szenerie ist altbekannt. Eine Gruppe von Leuten umsteht einen Mann, der auf der Straße steht und Lieder vorträgt. Vor ihm steht ein Hut, in den die Passanten mehr oder weniger ein paar Münzen fallen lassen.

Dennoch hat diese Szenerie hier etwas Spezielles. Zum einen ist es Winter und bitterlich kalt. Ja, während der kühlen Monate im Jahr sah ich überhaupt bisher selten einen Straßenmusikanten. Aber noch einige andere bemerkenswerte Besonderheiten sind mit dem Mann, der da vor mir steht, gegeben. Er hat seine gnomenhafte Gestalt dadurch erhöht, daß er sich auf eine der Bänke der Fußgängerzone gestellt hat. Manchmal meine ich, er muß richtig aufpassen, daß er nicht von der vereisten Oberfläche hinabrutscht. Der Wicht stampft nämlich zwischen und während seiner Gesänge kräftig mit seinen Stiefeln auf der Bank herum, praktisch, um den Rhythmus vorzugeben; und er wirkt dabei fast wie das bekannte Rumpelstielzchen aus dem Märchen, das ja vor Wut mit den Beinen auf den Boden stieß und so in der Erde versank.

Unwillkürlich wird jeder an den Rattenfänger von Hameln denken müssen, der diesen Wicht hier sieht. Ein großer, grüner Lodenmantel ist um seine Schultern geworfen und an seinem kecken Hut befindet sich ein Zweig von dunklem Tannengrün. Sein wirres, schwarzes, leicht ergrautes Haar umspielt seine spitzen Züge und sein Ziegenbart ist ebenfalls etwas spärlich geraten. Auch sind es keine einnahmeträchtigen Beatles-Songs, die er von sich gibt, sondern mit seiner quäkenden Stimme verkündert er Lieder aus uralter Vorzeit. Später erklärt mir Sigi G., daß er dies tut, um die Menschen wachzurütteln. Gerade jetzt und hier in der Weihnachtszeit. Daß er dabe z.t. recht kläglich entlohnt wird, stört ihn nicht weiter. Ihm ist es wichtig, etwas zu sagen; und er meint, wenn jemand etwas zu sagen hätte, so sollte er dies tun, egal wieviel Zuhörer er hat oder wieviel Geld er damit verdient!

Obschon das tanzende Wichteilmännchen vor mir an diesem Tag nur seine altüber-lieferten Gesänge der nordischen Mythen, der keltischen Märchen und der slavischen Legenden vorträgt, ist er natürlich auch Musiker. Er hat jedoch an diesem Tag seine Klarinette nicht mitgebracht, da die Eiseskälte ein Spielen praktisch unmöglich machte. Dieses, sein Instrument, nun mag das Bild vom Rattenfänger von Hameln vollkommen abrunden. So sieht er sich denn auch nicht als Ausdruck einer bestimmten Epoche. Seine Gesänge und Instrumentals sind nicht gebunden an einen bestimmten zeitlichen Abschnitt oder eine bestimmte Region. Er sieht sich als Mittelding zwischen frühzeitlichem Skalden, mittelalterlichem Hofmusiker und modernem Protestsong-Schreiber. Und so ist es für ihn auch selbstverständlich, daß er etwa heutzutage mit dem Auto, per Zug und per Anhalter reisen kann und nicht unbedingt mit Pferd und Wagen. Und dies, obgleich er sich mit seinen Einnahmen praktisch wie ein „Professional" durchschlägt und einer der wenigen historisch Aktiven ist, die nicht noch nebenbei einen Zweitjob haben.

Der in der damaligen DDR geborene Sigi hatte es schwer, sich hier im Westen zu behaupten. Schon immer hatte er eine starke Beziehung zur Musik und zu altertümlichen Klängen. Nachdem er mehrere Jobs verschiedener Art wieder aufgegeben hatte, widmete er sich von da an nur noch dem Musizieren und Verkünden alter Weisen.

Übrigens: Die Hamelner Bürger betrogen ja den Rattenfänger um seinen Lohn. Wird wohl dereinst der kärglich entlohnte Sigi ebenso Rache nehmen? Zuhörer hat er genug ...

Jahrtausende Staub hinweggefegt

Manch einer, der sich der tristen Monotonie eines Museumsbesuchs in Deutschland nicht entziehen kann. Eine Unzahl für den Laien oft unzusammenhängender Fundstücke der verschiedenen Jahrtausende sind dort auf engstem Raume zusammengestellt. Während ich in Nürnberg eine derartige Museumsvisite absolvierte, erlebte ich eine Überraschung. Im sog. Deutsch-Germanischen Museum (so sich im übrigen nur ein einziger Raum mit den Germanen wirklich beschäftigte) konnte ich zum ersten Mal in einem deutschen Museum etwas erleben, das ich zuvor lediglich in Großbritannien kennengelernt hatte.

Der Pförtner hatte mich schon vorgewarnt mit den Worten, daß es eigentlich Deutsch-Germanistisches Museum heißen müßte und sich die vielen mittelalterlichen Kirchen-schätze, die hier aufbewahrt werden, eben auf dem germanistischen Erbe beruhen und nicht auf dem germanischen. Jedenfalls schlenderte ich so von Vitrine zu Vitrine, wo Gewandnadeln, Hausrat und Waffen unterschiedlichster Perioden bunt zusammen-gewürfelt waren.
Etwas, das mich - außer der mangelhaften Beschreibung (man will ja wenigstens wissen, was das für ein Gerät ist und aus welcher Zeit es stammt, und nicht nur den Fundort) - von jeher in Museen störte, war, daß sich die erhaltenen Stücke zum Teil in einem derart schlechten Zustand befanden, daß man sich kaum noch vorstellen konnte, wie sie mal ursprünglich ausgesehen haben. Werkzeug und Waffen waren häufig derart stark ver-rostet, daß sie nur noch einem großen alten Klumpen Blech ähnelten. Lediglich bei Gold- und Silberarbeiten konnte man auch noch nach Jahrhunderten ein unverfälschtes Bild gewinnen, wie sie ursprünglich von dem betreffenden Künstler geschaffen wurden. Organisches Material wie etwa die Gewänder haben sich, wenn

überhaupt, nur sehr ver-einzelt und in einem miserablen Zustande in dem dunklen Wasser der Moore erhalten. Das Rätselraten um manches Fundstück, das sich hinter dem dicken Panzerglas verbarg, ermüdete nicht nur Augen und Geist sehr schnell, sondern ließ auch die Vorstellungskraft über das Tagewerk der Vorfahren schnell sinken.

Während ich also schon etwas genervt in die nächste Halle des Museums eintrat, sah ich etwas Wundervolles. Eine Frau steht mir da gegenüber. Eine Frau aus alter Zeit. Erst mit dem zweiten Blick erfasse ich, daß es sich um eine lebensechte Puppe handelt, die mit sorgsam nachgearbeiteten Schmuck- und Kleidungsstücken versehen ist. Ich trete etwas näher heran. Der Künstler, der sie geschaffen hat, hatte genau den richtigen Ort für ihren Standpunkt gewählt. Fast in der Mitte des Raumes hat man einen hervorragenden Rund-umblick auf die Figur. Außerdem bewirken die hohen Seitenfenster, daß das Licht an dieser Stelle Wirkung hat.
Die Nachbildung der Frau ist von nahem betrachtet natürlich nicht so exakt und lebens-echt wie die z.B. im Wachsfigurenkabinett von Madame Tussou. Nichtsdestoweniger ist ihre Erscheinung von bleibendem Eindruck beim Betrachter. Ihre Gewänder sind von ein-fachem Ausdruck, der aber gerade dadurch seinen Reiz erhält, daß er ein wohl abgestimmtes Verhältnis zu ihrem Schmuck einnimmt. Der Almandin, der Stein, der im Frühmittelalter so häufig Verwendung fand, findet sich auch an den Fibeln dieser reichen Frau der Vorzeit wieder. Der Künstler, der sie hier wohl aufgestellt hatte, hatte sie ferner praktisch in der Bewegung eingefangen und so kann man sich recht anschaulich vor-stellen, wie es gewirkt haben mag, wenn eine wohlbegüterte Frau der Frühzeit hier schnellen Schrittes über den Dorfplatz gegangen ist.

Werner B. aus Nürnberg ist der Meister, der nicht nur die Figur hier aufgestellt hat, sondern der auch den Schmuck und die Gewänder sorgsam rekonstruiert und nachge-schaffen hat. Norbert ist eigentlich Bürokaufmann und hat sich im Laufe der Jahre durch autodidaktische Studien und praktische Handhabung einen derartig großen Ruf als Rekonstrukteur, daß er sogar zu internationalen Ausstellungen eingeladen wurde. Etwas stolz ist Werner B. schon auf die Beachtung, die seinen Rekonstruktionen von Trachten, Waffen, Hausrat und Mobiliar der Frühzeit der Menschheit in Mitteleuropa geschenkt wird. Er weiß, daß gerade Geschichtswissenschaftler und Archäologen nicht selten die Nase sehr hoch tragen, speziell, wenn sie mit Laien über ihre Arbeit sprechen sollen.

Warum tut Werner B. das nur? Warum ringt er um Anerkennung, statt sich einfach mit einer bestimmten Epoche zu identifizieren und z.b. seine Wohnung mit keltischen Tierstil-ornamenten zu schmücken? Was bewegt ihn, wenn er neben den großen Schwierig-keiten, die es überhaupt macht, z.B. den Stil des Webens aus bestimmten Epochen zu rekonstruieren, auch noch die gedämpfte naturgegerbte Farbe des betreffenden Materials zu ergründen sucht?

Der ruhige Werner B. läßt bei diesen Fragen seine immense Energie kurz durchblicken, indem er mir einen kräftigen Blick zuwirft: „Ich bin nicht nur interessiert, ich bin absolut begeistert von der Thematik", sagt er. „Ich wollte von jeher einmal sehen, wie ein Schwert wirklich zu einer bestimmten Epoche ausgesehen hat, auch ohne Schaften und Korrosionsbeschlag. Die Gegenstände des täglichen Lebens und damit auch die tagtäg-lichen Lebensbedingungen zu rekonstruieren, ist für mich oberstes Gebot. Ich bin mir da selber der größte Kritiker. Wenn jedoch meine Arbeit auch von Experten anerkannt wird, so bin ich zufrieden.

Zufälligerweise treffe ich Werner B. ein gutes halbes Jahr später in dem Herlinhausener Freilichtmuseum wieder. Dieses Museum hat einige hervorragende Rekonstruktionen bäuerlicher Bauten bis in die Bekehrungszeit hinein. Wenn auch der „Rekonstrukteur" teil-weise von den Touristen belächelt wird, wenn er in seiner „Tunika" über das Gelände schreitet, so ist doch die Verwaktung des Museums bemüht, den Menschen des 20. Jahr-hunderts die Lebensbedingungen früher Tage näherzubringen; manchmal allerdings mit recht dümmlichen Experimenten:

Auf selbigem Besuch nämlich kam ich durch eine rekonstruierte Halle und sah eine Schul-klasse, die versuchte, das Kornmahlen des Frühmittelalters zu rekonstruieren bzw. nach-zuahmen. Die Kinder sollten also versuchen, mittels dem Schaben auf einem Steine aus Körnern Mehl zu gewinnen. Die ungeübten Hände der Pimpfe nun mochten unter der Anstrengung der Arbeit schnell ermüden. Im Vorbeischlendern hörte ich, wie eine Schülerin zu der anderen sagte:" Ich bin froh, daß ich heutzutage lebe. Ich könnte mir nicht vorstellen, jeden Tag stundenlang Mehl zu schaben, um nur etwas Brot zu haben." Den Kindern unserer Wohlstandsgesellschaft war natürlich nicht klar, daß laut Werner B. man, wenn überhaupt, nur täglich 10 Minuten für diese Arbeit aufwenden mußte. Ja, daß der Mensch der Frühzeit vielleicht eine ganz andere Beziehung zu seiner Nahrung hatte als wir heute, da er ja förmlich jedes Stadium seiner Entstehung miterlebte. Wie auch immer, den Kindern wurden natürlich wieder einmal nur die „negativen Seiten" des Lebens früher Tage vermittelt.Daß der Mensch damals allerdings weder Steuern noch „Chefs" kannte, bleibt unberücksichtigt. Ja, selbst auf dem rein praktischen Sektor wäre es, objektiv gesehen, viel notwendiger, den Kindern zu zeigen, daß es eben nicht nur die Arbeit des Mehlmahlens mittels des Schabsteines gab.

So gab es denn auch als rein praktischen Erwerb der Nahrung die Jagd mit allen möglichen Fallen, mit Pfeil und bogen oder eben den Fischfang. Man konnte in den Tümpeln und Seen noch baden und eine Unzahl von Spielen und Bräuchen bereicherten das Leben von Jung und Alt.

Aber einen Vergleich zwischen alten Lebensformen und der Gesellschaft des 20. Jahr-hunderts anzustellen, wurde den Rahmen dieses Buches sprengen. Interessant ist jedoch noch folgender Aspekt, daß selbst der Aspekt sder Ernährung nicht nach dem herkömm-lichen schulwissenschaftlichen Erklärungsschema abgehandelt werden kann. So gibt es Beispiele für Eingeborenenstämme in Afrika, wo die menschheitsgeschichtlich früher anzusiedelnden Jäger- und Sammlerstämme sogar die Ackerbau- und Viehzüchter-stämme noch mit Nahrungsmitteln unterstützten. Und mißt man den Wohlstand einer Gesellschaft nur an der Freizeit, die dem einzelnen bleibt, so wenden die Mitglieder der Jäger- und Sammlerstämme ihre Nahrung zu besorgen.

Durch seine verblüffenden und nahezu hundertprozent authentischen Rekonstruktionen hat Werner B. es geschafft, den Miev, den unsere Museen bisher beherbergte, hinwegzu-fegen. Seine Replikate in Holz, Leder, Metall oder Stoff zeigen deutlich, daß auch sehr alte Völker durchaus eine hohe, wenn nicht sogar höhere Kultur hatten als es heute bei uns der Fall ist. Zumindest aber ist durch diese „realistischen" Rekonstruktionen erstmals ein Vergleich bzw. eine Identifikation für das eigene Leben möglich. Welcher Spazier-gänger von heute weiß denn etwa, daß die lieblichen Blätter der Birke nicht nur einen wohlschmeckenden Tee ergeben, sondern daß man mit ihnen auch Stoffe und Kleidungs-stücke in einem erfrischendem Gelbton einfärben kann? Und so kann die Beschäftigung mit der Historie einen großen Nutzen für unser tägliches Leben bringen: Die oft ange-strebte Verbindung zwischen den Menschen früherer Tage, unserer Umwelt und uns selbst.

Mit dem Einbaum durch die Ostsee

Es ist ein schönes Gefühl, durch die Ostsee zu segeln. Obschon die mittagliche Sonne hernniederknallt, haben wir es uns sehr bequem gemacht. Neben einem kräftigen 'Schluck' bewirkt der Fahrtwind, daß man die Hitze nicht als unangenehm empfindet. Während das salzige Meerwasser der ganzen Szenerie noch wortwörtlich „die letzten Würze gibt", liegen wir doch recht fau auf den Planken unseres Segelbootes.

In liegender Haltung observiert mein Begleiter den Horizont. Plötzlich greift er zum Fern-glas. Mit einem Ausspruch „Ah, da ist er wieder!" macht er sich an dem Steuer zu schaffen und lenkt unser Boot in die Richtung, in der er etwas entdeckt hat.

Während wir uns immer mehr dem vorher winzigen Punkt am Horizont nähern, erkenne ich, daß auch einige andere Segelboote in unserer Nähe auf diesen Punkt zuhalten. Nach einer Weile sehe ich, jetzt nähergekommen, daß es sich bei dem Punkt ebenfalls um ein Boot, wenn auch sehr klein und ohne Segel, handelt. Ich möchte mir meine Überraschung erhalten und greife deswegen nicht zum Fernglas, will erst mit eigenen Augen dieses Boot erfassen, wenn es nahe genur heran ist, so daß ich Einzelheiten erkennen kann.

Immer näher kommt der einsame Paddler, während nun die anderen Boote mit uns auf gleicher Höhe liegen und quasi einen Begleitzug bilden. Aber es dauert doch noch eine ganze Weile, bis ich genau erkennen kann, was das da ist. Schließlich sehe ich einen Einbaum, einen grob zugehauenen Einbaum. Einen Einbaum, der quer durch die Ostsee schippert!

Mit einem Steckpaddel in der Hand wird das Boot voranbewegt von einem Mann, der äußerlich voll und ganz in das Bild paßt. Einige Felle bedecken seinen Oberkörper und seine Lenden. Eine Pelzkappe, die tief in sein Gesicht hineingezogen ist, schützt ihn gegen die Einwirkung der Sonne. So bleiben seine Gesichtszüge verdeckt und lediglich ein kräftiger Seemannsbart läßt erkennen, daß es sich bei dem Mann um einen „Kerl in den besten Jahren" handeln muß. Auch als wir ganz nah heran sind, erkenne ich weder Rettungsschwimmweste noch irgendwelche anderen Erzeugnisse des 20. Jahrhunderts. Lediglich ein großer Seesack, ebenalls aus Fellen gefertigt, liegt am Ende des kleinen Einbaumes.

Mit unverminderten rhythmisch-monotonen Bewegungen nun manövriert der Mann ohne groß auf uns zu achten weiter sein „Schiff" in Richtung Küste. Unsere strahlend weißen Segelboote folgen ihm. Sie bilden eine Mischung von ehrwürdigem Geleitzug und Schau-lustigen des 20. Jahrhunderts, die amüsiert einem Ururahn begaffen, indem sie ihn in großen Bögen umkreisen.

Immer näher kommt die Küste; und während wir zurückbleiben müssen, damit unsere Bootte nicht auf Grund stoßen, zieht der „Neanderthaler" seinen Einbaum bereits an Land. Wir erkennen, daß er seinen Seesack geöffnet hat und ihn neben ein großes

Stück Treibholz gestellt hat. Er hat einen Bogen und einen Köcher mit Pfeilen hervorgezogen und entfernt sich nun einige Schritte vom direkten Stand. Wir erkennen, daß er seinen Bogen spannt und zunächst einmal ein paar 'Lockerungsgymnastikübungen' vollführt - verständlich nach der langen Reise über das Meer. Dann spannt er seinen Bogen und schießt Pfeil um Pfeil in Richtung auf den Seesack.

Wir verlassen unser Boot, um ebenfalls an den Strand zu gelangen. Während wir nun näher herangekommen sind, sehen wir, welche unglaubliche Kraft hinter den Pfeilen stecken muß, so wie sie durch die Luft jagen. Während der „Steinzeitmensch" mal eine Pause macht, um seine Pfeile in seinem leergeschossenen Köcher wieder aufzufüllen, sprechen wir ihn an.
Harry P. betreibt nach eigenen Aussagen aktive Archäologie. Durch Experimente sucht er die Lebensbedingungen unserer allererersten Vorfahren zu ergründen. Er hebt einen der handgeschnitzten Pfeile auf und zeigt uns die Feuersteinspitze. Den Gebrauch und vor allem den effektiven Nutzen einer solchen Spitze kann man nur dann ermessen, wenn man sie unter möglichst realistischen Bedingungen wieder getestet hat. Selbstverständ-lich hat Harry auch seinen Spaß an der ganzen Sache. Ja, wenn er experimentiert, wie hier mit Pfeil und Bogen oder mit dem Einbaum, so wertet er danach nicht immerzu seine Ergebnisse wissenschaftlich aus. Zwar ist Harry ein Angestellter in einem Norddeutschen Museum, aber seine Aktivitäten hat er doch aus Eigeninitiative gestartet. Die Anregung bzw. den Anstoß hierfür hat nicht nur seinen Ärger über sog. „Fachidioten" gegeben. Da werden etwa Boote der ersten Menschen praktisch am grünen Tisch entworfen. Ja, bestenfalls wird ein Miniaturbötchen nachgeformt und quasi in der eigenen Badewanne ausgetestet. Der geschichtsbegeisterte Harry erkannte sofort den Unsinn, der hierfür begründet sein müßte. So wären nach derlei „Berechnungen" Boote etwa von südost-asiatischen Völkern, die nur wenige Zentimeter breit sind, gar nicht seetauglich gewesen. Harry wollte das Gegenteil beweisen. Er wollte sehen, inwieweit man konkret die Lebens-bedingungen der allersten Menschen nachvollziehen könnte.

Mittlerweile ist er ein Ansprechpartner für viele internationale Experten geworden. Ja, nicht selten betreibt er eine Art Survival-Überlebenstraining mit angehenden Professoren oder zukünftigen Museuemsdirektoren. In diesen Seminaren erhalten die Studenten und Beteiligten einen wirklichen Einblick ins Leben der Steinzeit. Wo andere Überlebens-experten aufgeschmissen wären, wenn sie nicht ihr 'Miniaturwerkzeug' dabei hätten, fängt für Harry das eigentliche Überleben erst richtig an. Da werden Messerklingen aus Feuer-stein gebrochen und gelegentlich auch schon mal (nach behördlicher Genehmigung natürlich) ein Hirsch mittels Pfeil und Bogen erlegt.

Natürlich ist Harry P.auch auf anderen geschichtlichen Epochen Experte. So kann er die unterschiedlichsten kulturellen und gesellschaftlichen Verhältnisse sehr anschaulich wiedergeben. Bei aller Begeisterung und „Spaß an der Freud" allerdings ist es ihm sehr wichtig, ein möglichst „unromantisches" Bild der Geschichte zu vermitteln. Er sagt: "Sicherlich werden sich unsere Vorfahren das Leben so angenehm wie möglich gestaltet haben. Aber man darf nicht vergessen, daß sie eine andere Einstellung zur Natur und zur Umwelt hatten. Ein intaktes ökologisches System war eben für sie allgegenwärtig, wie etwa für uns heutzutage der Gebrauch von Auto und Telefon und eben nichts „Besonderes" mehr. So war ein Rücksichtnehmen auf die Natur damals weder notwendig noch bekannt. Deswegen hatten z.B. die Brandrodungen der ersten Menschheit einen ähnlichen Effekt wie dies heutzutage die Brandrodung am Amazonas mit sich bringt. Der gewichtige Unterschied nun ist natürlich der, daß es in früheren Jahrtausenden wesent-lich weniger Menschen gab als heute und derlei Handlungen weniger Schaden für die Allgemeinheit mit sich brachten. Auch ist es bemerkenswert, wie stark man eine Beziehung zu Menschen bekommen kann, die vor tausenden von Jahren gelebt haben, indem man nur einzelne Funde macht. So wurde ein Stück Ton gefunden. Auf diesem sind die Zähne eines Kleinkindes eingeprägt. Offenbar hatte das Kind das Stück Ton für eine Scheibe Brot gehalten und ich sehe förmlich den angewiderten Gesichtsausdruck vor mir, als es schmeckte, daß dies doch etwas anderes sein müsse. „

Ritterturniere anno 1991 - Duelle im Morgengrauen

Einige der ersten Frühaufsteher Frankfurts sind schon auf den Beinen. Während der Tag sich so langsam erhebt und aus der Ferne der Lärm der Autos langsam ansteigt, begegnen einem vereinzelte Jogger hier unweit des Waldstadions. Schemenhaft tauchen sie aus dem Morgengrauen auf und verschwinden genauso mit gleichförmigen Bewegungen, die den weichen Waldboden dumpf erklingen lassen. Nichts Ungewöhn-liches scheint passieren zu können in dieser tagtäglichen Morgenszenerie.

Die Jogger aber wissen längst, was sich zuweilen hier unweit der Großstadt für sonder-same Aktivitäten entfalten. Es ist eine von den Neuigkeiten, die sich dann immer schnell wie ein Lauffeuer herumspricht.

Und während wieder einer der morgendlichen Läufer aus dem Unterholz auftaucht, hören wir dann ein dumpfes Gepolter. Nach den ersten Augenblicken erkennen ich und meine Begleiter sofort an dem rhythmischen, gedämpften Klang, daß es sich hierbei um den Lauf eines Pferdes handeln muß.
Näher und näher kommt das Geräusch und wir gehen förmlich hinter einem der am Wegesrand liegenden Holzstöße in Deckung. Da jetzt biegt der Reiter ebenfalls um das Dickicht herum, wo zuvor noch einer der Jogger verschwunden war. Schnell ist er heran auf einem herrlich weißen Karmarkhengst. Trotz des wenigen Morgenlichtes funkelt der Reiter in silbrigem Glanz. Es ist das Metall seines Kettenhemdes, der Stahl seines Topf-helmes, der ihm diesen Glanz verleiht. Kurz nachdem er an uns vorbeigeprescht ist, bremst er sein Pferd und wendet es auf der Stelle. Das Roß wirft den Hals herum und auf einmal erkennen wir einen zweiten Reiter, der unweit des ersten im Schritt aus dem Dickicht kommt. Auch dieser Mann ist gekleidet wie ein Ritter, wenn auch seine Helmziern ein wenig von der des ersten unterscheidet und sein Gaul eher Ähnlichkeit mit dem eines Bierbrauers hat.

Ohne Zweifel mußte der zweite der Ritter hier schon lange gewartet haben, sonst hätten wir ihn mit Sicherheit früher bemerkt. Nachdem sich die beiden Recken mit ihren Rössern etwa gut zwei Dutzend Schritt von-einander entfernt haben, ziehen sie plötzlich ihre Waffen, die sie zuvor noch am Sattel-knauf hängen gehabt hatten. Sie preschen aufeinander los, während der eine einen Morgenstern schwingt, so hat der andere der beiden Kämpen ein mächtiges Breitschwert in den Händen.

Als sie sich in der Mitte treffen, schlagen beide unversehens aufeinander ein. Die Stille des Morgens wird erhellt durch das Aufeinandertreffen der Waffen. Während die Mannen so aufeinander einschlagen, lenken und manövrieren sie ihre Reittiere nur mittels ihrer Oberschenkel. Immer wieder versuchen sie, ihr Roß dergestalt zu bewegen, daß sie den Gegner besser treffen können.
Nachdem der Kampf eine Zeit lang angedauert hat, trennen sich die beiden Kämpen urplötzlich und preschen beide in entgegengesetzte Richtungen davon.

Noch einige Male mußte ich mich morgens auf die Lauer legen, um Michael S. und seinen Gefährten bei ihrem allmorgendlichen Treiben zu beobachten bzw. zu kontaktieren. Michael S. hat nämlich überhaupt kein Interesse, sich mit anderen Leuten oder Medien über sein Tun auszulassen. Nach langem Zureden erklärte er sich aber doch widerwillig dazu bereit, mir über seine „Berufung" Auskunft zu geben.

Wie viele Männer hatte auch Michael von jeher ein Fablé fürs Ritters- und Heldentum. Durch Phantasie-science-fiction wurde seine Phantasie beflügelt. Bei einem England-Aufenthalt lernte er dort eine Wikingergruppe kennen. Die Engländer, die ja ohnehin ein Fablé für Clubs und Vereine haben, haben auch eine Unzahl von lokalen und über-regionalen Gruppen von Kriegern, die sich mit mittelalterlichen oder frühzeitlichen Kampf-techniken beschäftigen. Auftgrund der Tatsache, daß bei einer riesigen Schlacht wie etwa in Hastings gut 4.000 Krieger beteiligt waren, ergibt sich natürlich auch, daß auch größere Projekte von hier aus ihren Anfang nahmen. So etwa, wenn Krieger Wikingerschiffe rekonstruieren und damit die Nordsee durchkreuzten.

Jedenfalls lernte Michael S. durch seinen Kontakt zu der Wikingergruppe eine Vielzahl von interessanten Kriegern und Schildmaiden kennen. Die Idee, seine lang gehegten Phantasien Wirklichkeit werden zu lassen, faszinierte ihn. So scheute dann der mittler-weile 28-jährige Beamte weder Kosten noch Mühen, um seinen Visionen Wirklichkeit werden zu lassen. Vor allem die Kampftauglichkeit des Materials, so erklärt mir der neue Ritter, ließ sehr oft zu wünschen übrig und man wollte die entsprechende Ausrüstung ja nicht schonend behandeln. So wurde in monatelanger Kleinstarbeit jedes Teil der Aus-rüstung in Handarbeit selbst gefertigt und ggf. auch schon einmal ein Experte hinzu-gezogen, selbst wenn dieser im Ausland lebte. Besondere Mühe hat es ihn gekostet, sich sein edles Streitroß zuzulegen. Nicht nur, daß es für einen Angestellten des öffentlichen Dienstes ein sehr teures Hobby ist, nein, vor allem auch den Umgang mit einem Pferd und speziell der Umgang mit einem Streitroß, der war nicht leicht zu erlernen für einen gebürtigen Stadtmenschen.
Der Kampf ist für mich, sagt er, mehr als nur eine morgendliche Lockerungsübung für den Jogger. Es überkommen mich Gefühle aus längst vergangenen Tagen. Und wenn ich durch Waldgebiete reite, woe nicht gerad an jeder Ecke ein Wochenendhaus eines Neu-reichen gebaut steht, so empfinde ich doch eine Ahnung von dem, wie es den Rittern der Tafelrunde ergangen sein muß, als sie sich auf die Suche nach dem Gral begaben.

Grund zu Anfragen von behördlicher Seite sah er bisher noch nicht gegeben. Ja, eher war es schon der Fall, daß ihn interessierte Jogger und Spaziergänger auf sein Tun ansprachen. Ja, sogar Angebote von Stadtfesten hat er bereits erhalten, hier als Attraktion aufzutreten.

Doch Michael S. ist idealist. Er ist Purist. Nicht nur, daß er sorgsam Wert darauf legt, daß sein Kettenhemd z.B. aus echtem Stahl gefertigt ist und nicht wie bei sog. Freizeitritter-gruppen silber bemalte Schafswolle. Er versteht sich selber als Ritter des 20.

Jahrhun-derts und hat Profession mit einem gehörigen Schuß Idealismus.

Obwohl er keine offiziellen Auftritte annimmt und erhöhten Wert darauf legt, daß auch seine Kameraden und Gefolgsleute im „alltäglichen Umgang" eine ritterliche Einstellung vertreten, kämpft Michael doch nicht mit letzter tödlicher Konsequenz. Seine morgend-lichen Duelle sieht er eher als eine Art Sport. Es kommt darauf an, keinen abgesproche-nen Fight zu bieten, sondern schon einen authentischen Kampf, bei dem allerdings in letzter Konsequenz ein Schlag gestoppt wird, falls er einen Treffer landen würde.

Daß sich der Frankfurter mit seiner Art „Sport" gleichsam in der Tradition seiner Altvor-deren befindet, dafür bringt Michael auch eine Hand voll Belege. Speziell sagt er, daß die Turniere der mittelalterlichen Ritter eben sehr oft auch mit gänzlich stumpfen Waffen aus-geführt wurden, sonst hätte es schnell keine Ritter mehr gegeben, die Zweikämpfe mitein-ander hätten bestreiten können, sagt er grinsend und verbirgt sein Gesicht erneut hinter der stähernen Maske seines Visiers.

Teutonische Postwurfsendung

Wenn bei Müllers und Meier morgendlich der Briefkasten klappert, so findet sich hier nicht nur die Post von Bekannten und Verwandten. Neben geschäftlichem und amtlichem Schriftwechsel gibt es auch nicht selten eine Überraschung in Form von Reklame. Ja, selbst die sog. „Gratis"-Wochenzeitungen in bestimmten Regionen sind nichts anderes als große Werbeprospekte mit ein wenig Lokalinformation dazu. Der ursprüngliche Sinn der Anzeigenschaltung war es ja, die Kosten für eine große Produktion der Printmedien zu senken. Mittlerweile muß man aber schon sagen, saß speziell in den sog. Postwurf-sendungen fast nur noch der kommerzieller Aspekt an erster Stelle steht. Doch an diesem Morgen, ein Freitag, den 13., sollten viele Bewohner der Ruhrgebietsstätte eine Über-raschung erleben.

Die sog. Zeig-er-zeit-ung war verteilt worden. Rolf B. aus Bochung hatte sie in monate-langer Kleinstarbeit mit Freunden zusammengestellt. Der durchs Fernsehen bekannt gewordene Parapsychologe und Esoteriker hat in dieser Schrift sein Wissen bzw. das verschlüsselte Wissen in eine neue Sprachform gefaßt. Da werden fast bis zum Geht-nicht-mehr Worte und Worthülsen auseinandergezogen und wieder neu zusammen-gesetzt (als Beispeil: Vatikan = Vati-kann!). Als Ausgangsstoff für Rolfs Erkenntnisse hatte er sich die altisländische Edda gewählt. Er stellt die mythischen Figuren in Zusammenhang mit der eigenen Persönlichkeit (Geist, Körper, Seele etc.). Im Laufe der Zeit aber kamen auch noch andere Textbeiträge hinzu, die aus anderer Quelle inspiriert waren oder von seiner Gefährten stammten. So ist dann das Werk, das zunächst in Buch-form und dann schließlich als teutonische Postwurfsendung erschien, eben für manch einen ein schwer verständliches Bruch mit sieben Siegeln. Andere wiederum sehen hierin eine Offenbarung. Sie fühlen, daß hier etwas gesagt wurde, was schon längst einmal hätte gesagt werden müssen. Aber viele wiederum der Leser sahen in dem Geschriebenen „nur" 'unverständliches Zeugs'.

Man mag denken was man will über diese Schrift, aber Rolf B. und seine Gefährten haben sie mit einem unglaublichen Einsatz an Idealismus verwirklicht. Nicht nur, daß sie als z.T. arbeitslose Sozialhilfeempfänger die Zeitung völlig alleine finanzierten. Keine einzige Seite kommerzieller Reklame findet sich in ihr und man hatte aus umwelt-bewußten Überlegungen heraus die Produktion mit Recyclingpapier vorgenommen, was abermals die Kosten anwachsen ließ. Nicht zuletzt allerdings sind die Zeitungen auch noch im Eigenvertrieb und kostenlos (!!!) an 10.000 Haushalte im Ruhrgebiet verteilt worden. Auf's Geratewohl hin hat man die Verteilung vorgenommen, ohne große Über-legungen, frei nach dem Motto, daß nur diejenigen sie lesen und erhalten werden, die es auch wert sind. Lediglich an einige Politiker und wissenschaftliche Institute wurde die Zeitung ebenfalls versandt - im In- und Ausland.

Einige Tage später sitzt mir der Macher der teutonischen Postwurfsendung gegenüber. Teutonische Postwurfsendung deswegen, weil Teut-ton eine Silbe ist, die in der Zeitung eine besondere Bedeutung hat.

RolfKurt B. aus Bochum ist ein Bilderbuchmagier. Seine drahtige, dunkle Gestalt wandelt fast spielerisch durch sein ungewöhnliches Hexenhaus und den Heilkräutergarten hier im Herzen des Reviers. Pechschwarzes, langes Haar und langer Bart verleihen ihm fast asiatische Züge. Sprache, Gestik und Blick des Mannes sind direkt und unzweifelhaft. Nachdem ihm der Rummel nach seinen ersten Talkshow-Auftritten zuviel geworden ist, hat er sich hier in das wirtschaftliche Herz von NRW zurückgezogen. Vielschichtig ist das Oublikum, das bei ihm verkehrt. Vom Politiker über den Unternehmer bis hin zur Studentin geben sie sich bei dem Parapsychologen die Kinke in die Hand. In letzter Zeit hat er besonders viele Anfragen aus Kreisen der Wirtschaft. Hier soll versucht werden, mittels Symbolmagie neue Firmenembleme zu erstellen, um somit den Umsatz zu fördern. Rolf B. sieht in seiner Unterstützung derleit Aktivitäten allerdings auch einen positiven wirtschaft-lichen bzw. umweltpolitischen Aspekt.: „Wenn z.B. ein Unternehmen ein altbewährtes Yin- und-Yang-Symbol bei sich einfließen läßt, so wirkt sich ein derart altes Zeichen für Harmonie und auf die Geschäftspolitik aus. Nicht selten hat so eine Beschäftigung mit uralten Symbolen dazu geführt, daß z.B. die Umweltpolitik bei entsprechenden Firmen eine größere Beachtung fang."

Ist denn also die Zeit-er-zeit-ung nichts andres als ein cleverer Einfall des Spirituellen? Mit Sicherheit nicht, denn dann hätte er besser seine eigenen Fähigkeiten in Form der Zeitung herausstellen können. Rolf B. sah in der ungeheuren Verteilungsaktion vielmehr die Möglichkeit, eine Menge Menschen zu erreichen. Einmal etwas so zu sagen, wie er es selber wollte. Ohne Auflagen von dritter Seite. „Es ist aber egal, ob der Betreffende über-haupt das versteht, was ich sagen will, oder auch nur die Zeitung in die Hand nimmt. Wichtig ist die geistige Botschaft, die in jedem Falle ankommt!" So erklärt der Mann seine Absichten, während er in seinem Empfangsraum zwischen ausgestopften Raben, dämo-nischen Figuren und Porzelantigern umherwandet.

Daß Rolf B. und seine Gefährten den Leuten nichts verkaufen oder versprechen wollten, war dann auch für viele, die in die Zeitung schauten, unerklärlich. Da der Magier dreister-weise auch noch seine Adresse und Telefonnummer ausdrücklich vorne auf die Zeitung gepreßt hatte, stand bei ihm und seiner Familie das Telefon tagelang nicht still. So war dann auch die Resonanz auf diese Aktion recht zwiespältig. Viele der Anrufer hatten nicht einmal die Zeitung durchgelesen, sondern nur aufgrund einiger Hakenkreuze (einem alten Heilszeichen, das heute z.B. in Indien bei einer Hochzeit noch Verwendung findet) gesehen und die Initiatoren als Faschisten beschimpft. Trotzdem gab es auch teilweise Lob und Anerkennung für diese Aktion.

Meiers und Müllers von nebenan jedenfalls, die fragen sich (falls die Zeitung nicht direkt wie eine andere „Reklamezeitung" in den Müll gewandert ist), was denn jemand mit solch einer Zeitung überhaupt bezweckt. Eine kostenlose Massengabe wie die teutonische Poswurfsendung muß im Zeitalter von kommerziellen Massenmedien auf Unverständnis stoßen.

Rolf B. jedenfalls sieht in seinen bildhaften Ausdrücken eine direkte Abstammung von den sog. Urlauten - der Ursprache - gegeben. Indem er eine Verbindung von den ent-sprechenden Urlauten zu unserer aktuellen, modernen Ausdrucksweise schlägt, versucht er auf seine Weise, einen Brückenschlag zwischen dem Gestern und Heute. Er ist davon überzeugt, daß bestimmte Begriffe sowohl vor Jahrtausenden als auch noch heute bestimmte psychologische Mechanismen in Bewegung setzen.

Lederdesign á la Asterix

Wir haben uns schon ale drei die Beine in den Bauch gestanden. Hier an einem Campingplatz im Münsterland. Wir alle drei warten auf denselben Mann, aber das ist auch das einzigste, was uns verbindet.

Hinterher erfahre ich dann, wer meine beiden „Mitwartenden" sind. Da wäre auf der einen Seite der Heavy-metal-Getarrist. Fast zerbrechlich wirkt der ungeheuer lange, aber auch spindeldürre Musiker, der da neben mir steht. Sein längliches Haar hat er mit einer Dauerwelle versehen und sein Blick bleibt hinter einer Spiegelbrille verdeckt. Während er in hautengen Bluejeans und Basketball-Turnschuhen auf der Stelle tritt, raucht er nervös eine Zigarette nach der anderen. Terminschwierigkeiten?

Auf der anderen Seite steht neben mir eine Frau. Ihre üppige Weiblichkeit wird durch einen langen bodenlangen Lackledermantel gedämpft und verstärkt zugleich. Ruhig, aber hart ist ihr Blick, der durch einen großen, schwarzen Lidschatten noch unterstrichen wird. Meine Vermutung, daß es sich bei der betreffenden Dame um eine Peitschen-Lady des horizontalen Gewerbes handelt, finde ich später bestätigt.

Nachdem ich unruhig schon einige Male auf die Uhr geschaut habe, öffnet sich plötzlich der Eingang zu dem Bauwagen, der so kunterbunt angemalt ist und vor dem wir alle drei so lange gewartet haben. Beate streckt den Kopf zur Tür heraus und reibt sich ver-schlafen die Augen: „Sorry, es ist gestern abend etwas spät geworden..."

Die jugendliche, aber nicht mehr ganz so junge Bluejeans-Trägerin führte uns sodann in den Wagen hinein. Nachdem sie uns mit fast ungenießbar bitterem Eichenrinden-Tee „verwöhnt" hat, nimmt sie dann jeden einzelnen von uns mit, um ihn zu einem Neben-wagen zu führen. Als ich ihr folge, erwartet mich in dem fast kitschig-schön eingerichteten Wohnmobil Leder. Leder, Leder und nochmals Leder.

Beate stellt mir ihren Partner, Franz JOsef, vor. Beide sind im Laufe der Zeit Experten in Sachen Leder und Lederdesign geworden. Über die Hülle für's Jagdgewehr bis hin zu modischen Handtaschen und vor allem natürlich jeder Art von Lederbekleidung nach antiken Vorbildern fertigen sie so ziemlich alles. Ungewöhnlich ist die Auswahl der Materialien, ungewöhnlich der Zuschnitt des „Outfits". Franz Josef legt sich selber einen keltischen Brustpanzer um. So am lebendem Objekt bekommt man schon eine bessere Vorstellung von dem, wie so ein Teil einmal gewirkt haben mag.

Mühselig war die Arbeit für die beiden schon, sich ein Wissen aus Museumsbesuchen und vor allem eine Unzahl von Literatur zu besorgen. Am meisten an ihrer Arbeit gefällt mir allerdings die Liebe zum Detail. Da werden Punzierungs- und Ätzungsarbeiten vorge-nommen, da wird Leder unterschiedlich gewalkt und gefärbt, so daß sehr vielgestaltige Stücke entstehen, die dann z.T. mit keltischem und nordischem Schlingmuster versehen werden. Mit seinem langen Haar, seiner knollenartigen Nase und seinem Schnurrbart, der rechts und links lang über's Kinn herabhängt, ist Franz Josef dann auch das Abbild des Asterix, so mit seinem keltischen Panzer bestückt. Es fehlt nur noch der Flügelhelm, denke ich bei mir. Da greift er auch schon hinter sich und holt einen solchen aus der Truhe.

Beate erklärt: „Heutzutage gibt es eine Menge Leute, die sich wieder für die Bekleidung früherer Zeiten interessieren. Das Leder spielt dabei natürlich allein schon als Material eine sehr wichtige Rolle. Mit dem Leder oder mit Fellen verband man auch die ursprüng-liche Kraft des Tieres. Dieses sollte sich auf den Träger übertragen!"

So ist es verständlich, daß gerade körperlich stark betonende Leute mit einem Hang zur Macht und zur Aggressivität sich dem Leder verschrieben haben. Der Besuch der Peitschen-Lady und des Hardrock-Gitarristen, die sich beide bei den beiden Lederkünst-lern neu einkleiden wollten, wird somit plausibel.

Beate, die auf mich fast den Eindruck einer „Ökotante" macht, und Franz Josef, der sich bereits vor Jahren auf Honduras eine kleine Hühnerfarm aufgebaut hatte, haben bei ihrem Anliegen, dauerhafte Lederobjekte zu schaffen, nur ein Problem: „Klar kann ein Leder-panzer z.B. ein Leben lang halten. Aber viele sind sich des Arbeitsaufwandes, der damit verbunden ist, kaum bewußt. Und so sind einige auch nicht bereit, den entsprechenden Preis hierfür zu bezahlen. Das Wichtigste allerdings ist für uns, daß in alter Zeit ein jeder sehr großen Wert auf seinen eigenen Willen und sein eigenes Lebensglück legte. Natür-lich hatten uniformierte Heere wie z.B. die Legionen Roms einheitliche Lederpanzer. Bei der Barbarenvölkern allerdings war dies anders. Es war jedem freigegeben, sich einen Panzer oder eben keinen zuzulegen. Auch für dessen Ausschmückung gab es keine, zumindest bekannten, Spielregeln. So fertigten auch wir nur Einzelstücke und versuchen, uns auch auf die Persönlichkeit des entsprechenden Interessierten einzustellen. Leider aber legen viele Leute Wert darauf, sich nur anonym zu kleiden. Das Heißt, schwarzes Einheitsleder, breite Einheitsnieten ohne jegliche Einfälle etc.. Diese Leute sind allerdings bei uns fehl am Platze, denn das können sie einfacher und billiger im Warenhaus bekommen. Nicht nur, daß wir uns als Künstler sehen und auch schon neben Bekleidung einzelne Lederkunstwerke hergestellt haben, nein, wir sehen uns vor allem auch als Übermittler der alten Tradition, die Kraft des Tieres aufzunehmen und ggf. in seinem täglichen Leben einzusetzen. Selbst wenn man nicht Mitglied einer Rockerclique ist!"

Daß die beiden auch selber nach diesem Motto leben, merke ich dann am späten Nach-mittag. Als wir durch die Einkaufsstraße einer Kleinstadt bummeln, tragen sie viele ihrer handgefertigten Lederutensilien. Wobei den Passanten offensichtlich das lange Mieder, das Beate um ihre schlanke Taille gelegt hat, besonders gut gefällt ...

Papphelme gegen den Ozean

Mitten im Herzen von Berlin unterhalb des Alexanderplatzes steht ein Wikingerschiff. Fast scheint es als wäre es aus einer anderen Zeit durch die Luft hierhin getragen worden sei. Als ich näherkomme, erkenne ich das es auf einen riesigen Sattelschlepper steht und sich vor einem Museum bzw. vor einer Ausstellung über die Wikinger befindet. Das perfekt gebaute eichenhölzerne Schiff ist ein Blickfang nicht nur für die unzähligen Besucher der Exhibition sondern auch für die vielen Tausenden Besucher die in Richtung Straße unter den Linden ihren Sonntagsspaziergang machen.

Es handelt sich bei der Ausstellung über eine Wikingerkultur. Zwar ist diese im Vergleich zu den vorherigen in Paris etwa reichlich "abgespeckt" nichtsdestotrotz ist sie eine der größten Ausstellung über das Thema, das in Deutschland zu finden ist.

Unterhalb des Wikingerschiff befindet sich ein kleiner Stand ähnlich wie eine Jahrmarktsbude. In ihr hält ein bärtiger Mann seine Informationen und Mitbringsel feil. Da erkennt man ihn wieder als Wikinger der durch das Nordmeer zieht und seinen Weg zur 500-Jahrfeier nach Amerika mittels eines Drachenschiffes beschreitet. Nicht nur Zeitungsausschnitte sondern vor allem seinen 4farb-Katalog bieten hierüber anschauliches Bildmaterial. Der Mann erklärt mir, daß er die gesamte Unternehmung aus eigenen Mitteln und wenigen Zuwendungen dritter Seite bestreiten mußte.

Kein Förderer hat sich in unserem reichen Land gefunden, um dieses Tollkühne unternehmen mitzufinanzieren bzw. zu sponsoren. Alle Geldgeber hatten Angst, ein original nachgebautes Schiff würde schon nach wenigen Kilometern "absaufen".

So mußte dann das groß angelegte Unternehmen eben allein durch private Rücklagen und durch derartige Verkaufs- PR-Unternehmungen sich tragen.

Es ist sonderbar, daß sich keine Förderer für derartiges neues Heldentum in Deutschland finden. Selbst der seinerzeit so sehr verlachte Hauptmann von Köpenick, selbst diesem war durch eine von seiner Kühnheit beeindruckten reichen Dame eine Leibrente bis an sein Lebensende zugeteilt worden!

Auf jeden Fall machte unser Wikinger der Neuzeit eine Reise und gelangte schließlich bis nach Amerika. Es würde zu weit führen, hier alle Etappen und Abenteuer dieses Unternehmens zu berichten. Es sei aber darauf hingewiesen, daß vielleicht mehr solcher Aktionen gestartet würden, wenn nicht an allen Ecken und Enden die Bereitschaft zur finanziellen oder anderweitigen Engagement fehlen würden. So kam es denn, daß sich unser nordischer Schiffer sein Geld durch den Verkauf seiner Postkarten Met usw. kärglich wieder zurückgewinnen mußte. Das lustigste in seinem Repertoire war jedoch ein silberner Haphelm mit Hörnern, der gerade bei den Kinder reisenden Absatz fand. Ich konnte mir einen Ausdruck des Erstaunens ja des Aberwitzes nicht verkneifen. Ausgerechnet der Bootsmann, der das Wikinger Schiffsleben so genau wie irgend möglich zu rekonstruieren versuchte, ausgerechnet der war gezwungen worden, nicht nur die angeblich bei den Wikingern nicht vorhandenen Hörnerhelme nachzubilden sondern sie auch noch in kitschigster Form unters Volk zu bringen. So mochte er denn sein Wagnis, den Kampf mit dem Ozean aufzunehmen auf altertümlicher Weise dadurch gewonnen haben, indem der Habhelme "in die Schlacht schickte"- wenn auch verspätet.

Es sei noch darauf hingewiesen, daß sich im inneren der "offiziellen Ausstellung" vielfältiger nachgemachter Tand aus alter Zeit befand.

Unter anderen war da ein Eierbecher großer Silberkelch der allein DM 1.500,-- kosten sollte! Natürlich fanden diese Utensilien bei den nichtsahnenden Kunden einen reißenderen Absatz als die Papphelme unseres Wikingers. Indes sei nur am Rande darauf hingewiesen, daß es immer sehr gefährlich ist, ein Replika von alten Stücken zu fertigen. Zum einen deshalb, weil man vielleicht nur einen Helm gefunden hat, der ein entsprechendes Aussehen aus einer Periode hat und dieser dann in hundertfacher Kopie angeblich stellvertretend für ein ganzen Zeitalter sein soll. Jedenfalls in Augen der Authentitätsfanatiker zum anderen deshalb weil es sehr fragwürdig ist, z.B. alte Gräber zu plündern. Wie findest Du es z.B. lieber Leser, wenn jemand in Deinem Grab nachher herumwühlt, einen persönlichen Gegenstand, der mit viel Magie speziell für Dich gefertigt wurde, herausholt und dann "Made in Taiwan"- mäßig hunderttausendfach unters Volk trägt, welch ein Geist würdest Du wohl mit diesem Handeln in Verbindung bringen?

Was für eine Energie ziehen sich alle Leute heran, die solch ein Treiben unterstützen bzw. solch ein nachgeäfften Schmuck womöglich noch tragen?

So verhält es sich auch auf törichter Weise egal ob es sich um Replika handelt oder anderweitigen Schmuck "Second-Hand"-mäßig zu kaufen, denn wann gibt jemand Schmuck ab? Entweder, wenn er verloren gegangen ist oder gestohlen wurde, wenn der betreffende gestorben ist oder wenn man ihn aus irgendeiner Notlage versetzen muß. All dies sind nicht unbedingt Gründe, ein derartiges Mitbringsel mit positiver Energie zu belegen bzw. diese Energie dem zukünftigen Träger zuteil werden lassen.

Die Helden aus Helvetien

In vielleicht der finstersten Stunde meines Lebens saß ich im Garten meines Schlosses an den Externsteinen. Ich hatte alle möglichen Register gezogen, um das Haus als Zugangsort zu den Steinen für den geistig Offenen freizuhalten um den heiligen Hain, den ich angelegt hatte, der Kitzen, die Möglichkeit des Unterschlupfes bis an die Hausmauern heran zu retten. Indes die Gerichte das römische Recht und die Feinde hatten scheinbar den Sieg davongetragen. - Doch da jeder Krieg ewig dauert, werden wir ja sehen, wer hinterher am längeren Hebel sitzt.

Wie auch immer, ich befand mich in einer schier aussichtslosen Situation, da ich nicht nur das ganze Haus leerräumen mußte, sondern auch keine Möglichkeit hatte, meine Schätze in Sicherheit zu bringen und so wartete ich denn in meinem Zaubergarten, indem ich von all meinem Hab und Gut umgeben war auf einen Freund der mir mit einen Wagen die Sachen retten sollte. Hätte es in diesem Augenblick angefangen zu regnen, so wären wahrscheinlich alle Gegenstände aufgeweicht worden. Indessen klapperte die diesem Augenblick der Briefkasten. Ich öffnete ihn und fand darin die tollste Einladung, die ich in meinem Leben erhalten hatte.

Der betreffende Schreiber teilte mir mit, daß er Inhaber des Menhir-Bücherladens zu Bern sei, ein Informationsblatt von mir erhalten hatte und ich zur Einweihung des ersten keltischen Festes bzw. der Einweihung des ersten keltischen Hauses in die Schweiz einladen wollte. Vor allem die Wortwahl war etwas, was ich in dieser Form noch nie erhalten hatte und so war ich denn sehr erfreut hierüber. Nicht zuletzt auch deswegen, weil die Betreffenden mich nicht kannten und trotzdem mit großer Ehrfurcht von mir sprachen. Erst nach einer Weile viel mir auf, daß eine bemerkenswerte Parallelentwicklung sich angebahnt hatte. Während ich den einen Tempel räumen mußte, wurde ein anderer wieder errichtet!!!

Aber noch ahnte ich von alledem nichts und ich fuhr bevor die Einweihungsfeier stattfand in die Schweiz um mir alles vor Ort genau anzusehen. Ich traf dort auf eine bezauberte Welt, den besten Bücherladen (obwohl ich Bücher überhaupt nicht leiden kann) den ich je gesehen habe und eben die Anfänge eines phantastischen Hauses aus der Keltenzeit.

Im laufe der Zeit erkannte ich eben, daß eine starke Verbindung auf geistiger Seite zwischen uns und den Helden aus der Schweiz besteht. Helden vor allem deswegen, da sie das Keltenhaus alleine aus eigenen Mitteln zustande brachten. Das es keine Unterstützung von irgendeiner offiziellen Seite gab und selbst ich aus dem fernen Germanien heran reisen mußte, um Ihnen meinen Dank und gewissermaßen den Orden umzuhängen, statt eben das dies Ihr eigener Ministerpräsident tut!!!

Nicht zuletzt ist aber mit dem Keltenhaus eine bestimmte Philosophie verbunden. So hat man alle Bestandteile des Hauses unmittelbar vor Ort oder in näherer Umgebung gefunden. Es mußte kein Zement bei irgend einem Öko-Baumarkt oder Öko-Industrie herangeholt werden. Der Lehm, die Steine, das Holz und die Baumaterialien für das Dach wurden eben unmittelbar vor Ort gefunden - sie haben die Materialien von der Erde genommen und eines Tages werden sie der Erde zurückgegeben werden!

Man hat sich auch viel Mühe gegeben, dem Keltenhaus auch magische Aspekte abzugewinnen, indem man bestimmte numerologische Zahlenfolgen bei der Einrichtung bedachte. Eines der interessantesten Erscheinungsbilder hierbei ist, daß in der Mitte des Rundhauses zehn hölzerne Säulen das gewaltige Dach, stützen zehn Säulen stützen auch das Hermannsdenkmal im Teutoburger Wald!

Der Erbauer und Anführer Sui hat das Haus dem Hirschen geweiht und der Hirsch oder der Hirschgott ist ja stellvertretend mit dem ursprünglichen Schwertgott an sich!

So war ich nicht nur schließlich bei der gelungenen Einweihungsfeier der Helvetier sondern brachte ihnen auch noch ein Schwert des Friedens mit, als Ausdruck der Verbundenheit der Völker in Europa (siehe hierzu das Kapitel des Friedensschwertes).

Ich bedankte mich bei den Helvetiern (Heilvetiern) für die Jahrtausende lange Freundschaft und auch Gastfreundschaft die sie seinerzeit unseren Vorfahren den Kimmern und Teutonen gewährt hatten, als sie heimatlos durch ihr Land zogen.

Wie auch immer, ich habe Schwierigkeiten, es klar zu benennen, was einen Helden ausmacht. Wichtig scheint es jedoch darauf hinzuweisen, daß die Helden von Bern all ihr Handeln auch ohne meine Leitung zustande gebracht haben. Die aus sich selber heraus trotzdem eine Vielzahl von Parallelen (so wählten sie als Name für ihren Verband: Verein Hagal= dem Hermann-Menhir-Prinzip).

Die Helden des Hagals haben vor Ort ihre natürlichen Schwierigkeiten. Denn es genügt allein nicht ein keltisches Haus zu bauen , es würde nicht einmal genügen, wenn man den Plan verwirklichen kann, einen Auerochsen oder einen Bisent auf das Gelände zu bringen damit auch die Tiere der damaligen Zeit wieder Auferstehung finden wie der Geist und die Ideale der frühen Kelten zurückkehren möchten. Denn die Menschen sind heute auch Teil des 20. Jahrhunderts und da fällt es schwierig gemeinsames Handeln und gemeinsame Ideale überhaupt wiederzufinden, geschweige denn diese zu Leben. Und deshalb habe ich noch keine Gemeinschaft gefunden wo bessere Anlagen und ein besserer Wille vorhanden gewesen sei. Auch wenn der eine oder andere durch New Age Gefasel hier blenden lassen wird. Die gesamte Gruppe an sich sind die wahren Helden von heute.

Es gibt in Deutschland schon zahlreiche sogenannte archäologischen Zentren, wo praktisch Häuser der Kultzeit der Menschen rekonstruiert wurden aber in Qualität und Ausführung reichen sie nicht an den hohen Standart an, wie die Leute aus dem Hirschgebiet (Hirschmatt) bei Gudisberg erreicht haben. Und sie haben dies alles als erstes keltisches Haus seit 2000 Jahren in der Schweiz vollbracht, ohne staatliche Anweisung, ohne staatliche Unterstützung. Um das Leben der damaligen Zeit auch wiederum anschaulicher zu machen, ging man in den Berghof dazu über, die Kinder wieder selbst zu unterrichten, sie aus dem normalen Schulbetrieb herauszunehmen. So kann der Einfluß von außen (von Massenmedien und der scheinbaren Gesellschaft des 20. Jahrhunderts) möglichst gering gehalten werden, kann sich ein Familienleben und ein Stammesgefühl zusammen entfalten.

Die singenden Steine und die Religion des Schwertes

Die fast ungewöhnlichsten Belege dafür, wie man Historie auch aktiv leben kann, fand ich wo? Natürlich im Teutoburger Wald.

Hier lebt und wirkt einer, der nicht nur den gleichen Nahmen wie der berühmte Cherusker trägt. Dieser Mann beschäftigt sich auf vielfältige Art und Weise mit der Historie und ihren Bezügen nur Neuzeit, daß es schwierig ist, dies alles auch nur in ein Kapitel zu fassen.

Hermann Z. ist zur Zeit 30 Jahre alt. Da er allerdings seit frühester Kindheit eine Ver-bindung zu den Geschehnissen im Teutoburger Wald empfand, zog er bereits vor sieben Jahren hierher. Er hatt zuvor als Musiker in London gearbeitet und war daraufhin in ein winziges Dorf der waldreichen Gegend gezogen. Den Traum derDorfjugend, die die große, weite Welt In Städten wie Amsterdam, London oder New York sucht, konnte er nicht teilen, ja, hat er praktisch umgedreht. Für ihn passiert mehr in den germanischen Wäldern an „Action" als in den neonbeschienenen Straßen rund um den Picadilly Circus. Aber so vielfältig wie sein Lebenslauf ist, so vielfältig sind auch die Berufe, die er schon ausgeübt hatte. Vom arbeitslosen Sozialhilfeempfänger bis zum Geschäftsführer einer GmbH hatte er schon alles erlebt. Das

Wichtige für ihn im Leben war allerdings stehts, einen Sinn bei dem zu empfinden, war er gerade tat. Der Tausendsassa sieht dann auch heutzutage alle seine Handlungen als konkrete Folge seines geschichtsbewußten Geistes. Gerade so, wie die Runenhexe Sigrun sich steta mit ihren Göttern in Verbindung weiß.

Daß er, wie viele andere in diesem Buche Besprochenen, natürlich kein reiner Spezialist auf einem bestimmten Gebiete ist, sondern eben z.B. auch Wissen über Heilkräuter etc. besitzt, braucht nicht nochmals betont zu werden.

Seine selbst entworfenen Möbel haben zar ihre schemenhaften Vorbilder in den Möbeln der Wikingerzeit, die einzelnen figürlichen Darstellung sind allerdings derart stark abstrahiert, daß man in ihnen kaum noch Vogel- oder Dämonendrstellungf zu erkennen vermag. Daß er sich mit seinem Spezialdesign an Möbeln, Gegenständen und auch Musikinstrumenten einer breiten Öffentlichkeit zuwenden könnte, weiß der ehemalige Journalist natürlich auch. Auch während er auf der einen Seite viel Wert auf Öffentlich-keitsarbeit und Aufklärung legt, so will er auf der anderen Seite doch auch einige Dinge für sich selbst.

Neben vielen anderen Aktivitäten in der Öffentlichkeit sind vor allem zwei Punkte besonders hervorzuheben:
1. Seine „Rekonstruktion" von alter Musik, und
2. seine Meditation um das Schwert.

Vor uns steht der Mann. Sein langes, weißes Gewand wird umfaßt von einem metallenen Gürtel. Auf seinen Schultern liegt ein schwarzer Samtumhang. Der Hörnerhelm verbirgt fast sein ganzes Gesicht und nur seine langen Haare fallen über seine Schultern. Ein wilder Schnäuzer schiebt sich ebenfalls unter dem Nasenschutz hervor. Scinc Augon strahlen trotz seines jungen Alters Größe und Weisheit aus. Der Mann steht vor uns auf einer hügelgrabartigen Erhöhung. Vor ihm ist ein Schwert in den Boden gerammt, auf dessen Knauf er seine Hände faltend gelegt hat.

Wir warten gespannt auf das, was sich weiter ereignen wird. Wir, das sind ein gutes Dutzend Neugieriger und Ratsuchender. Da sehe ich den Lehrer, der schon auf die 50 zugeht und dessen Geheimratsecken anzeigen, daß er im Leben vielleicht schon zuviel „nachgedacht" hat. Da ist die Verkäuferin. Die 'Mieze" von nebenan im rosanen Jogging-anzug. Ich sehe einen Lehrling in Cordhosen und Rollkragenpulli und ich sehe noch viele unterschiedlichste Menschen, die auf den „Guru des Schwertes" blicken. Allen gemeinsam ist jedoch, daß sie ein Schwert in der Hand halten und dieses zu Boden gesenkt haben. So unterschiedlich die Personen auch sein mögen, alle ihre Schwerte sind dieselben.

Doch das Schwert des Meister unterscheidet sich von dem seiner Schüler. Als er es ergreift und mit einem Ruck nach oben gen Himmel hebt, sehe ich eine geflügelte, unglaublich breite Klinge. Der goldfarbene Griff reflektiert das Licht des Mittags über unseren Köpfen.

Im gleichen Augenblick, als er seinen Hörnerhelm leicht nach vorne senkt und somit das Schwert zwischen die Hörner gerät, erheben auch alle Anwesenden ihr Schwert zum Himmel. Jetzt erklingt Musik. Aus dem nahen Unterholz beginnt der monoton-dumpfe Rhythmus einer riesigen Trommel. Stärker wird der Rhythmus, immer stärker und durch-dringender. Schließlich erreicht sie ihren Höhepunkt und verstummt sodann. Eine unge-meine Spannung liegt in der Luft. Der Meister senkt langsam sein Schwert und deutet in die vier Himmelsrichtungen. Daraufhin stößt er das Schwert abermals vor sich in den Erd-hügel. Ohne einen Laut folgen seine Schüler seiner Handlung.

Was bezweckt der Musiker mit derartigen Übungen? Er sagt: „Aufgrund der Erfahrung der zwei Weltkriege herrscht gerade in Deutschland ein sehr gestörtes Verhältnis zur Gewalt. Nicht etwa, daß es diese in unseren Tagen nicht mehr gäbe, wenn man nur mal an die Demonstationen und gewaltsamen Ausschreitungen denkt. Aber vom Standpunkt des Mystikers betrachtet, kann man erst mit einer Sache wirklich umgehen, wenn man sie begriffen hat. Das heißt also, das Schwert muß von neuem „erfahren" werden. Erst, wer Erfahrungen wie Zorn, Wut, Grll, Mut und Selbstherrlichkeit gemacht hat, der weiß, was wirkliche

Bescheidenheit, Aufopferungsbereitschaft etc. bedeutet: Aber die Geheimnisse, die das Schwert an sich verkörpert, sind nicht rational erfahrbar und weisen auf eine jahr-tausende alte Tradition zurück. Ich habe außer den Quellen recht wenig Studien betrieben. Mein gesamtes Wissen stammt aus der Beschäftigung mit der Materie und vor allem der eigenen Inspiration."

So erhebt Hermann keinen Anspruch darauf, Kulte oder Musikinstrumente exat so zu rekonstruieren, wie es einmal der Fall gewesen ist. „Die keltischen Harfenspieler heutzu-tage spielen auch nicht mehr auf uralten keltischen Harfen, sondern sehen sich im 20. Jahrhundert stehen, auch wenn natürlich ihre jetzigen Instrumente aus den früheren hervorgegangen sind." Er schüttelt seine Löwenmähne und fährt weiter fort: „ Wenn z.B. irgendwelche Schreibtischwissenschaftler sagen wollen, daß es Hörnerhelme bei den Wikingern nicht gegeben hat, so ist das schlechterdings falsch. Zum einen haben sich einige wenige Examplare erhalten und das ist erstaunlich nach soviel Jahrhunderten, zum anderen behaupten wieder einige der Fachexperten, daß diese nicht zum Kampfe getragen wurden, weil sie dort hinderlich gewesen seien. Aber auch dies ist falsch, denn mir selber sind Neuwikinger bekannt, die bereits seit 20 Jahren mit Hörnerhelmen kämpfen - ohne Probleme."

Daraufhin zeigt er mir eine seiner nachgebauten riesigen Erdtrommeln. Eine gut manns-tiefe Mulde ist aufgehoben worden. Über die kreisrunde Vertiefung im Erdboden nun wurde ein sehr großes Stück Rinderhaut gespannt. Im Grunde genommen wurde das Fell genauso gespannt wie bei einer anderen Trommel auch, nur daß hierbei der Erdboden an sich die Runktion des Rosnanzkörpers übernommen hat. Und so erklingen dann auch die einzelnen mit einem langen Knochen ausgeführten Schläge in einem dumpfen, erdhaften Tone.

Auch noch andere Musikinstrumente hat der ungewöhnliche Mann aus dem Teutoburger Wald wieder zum Leben erweckt. Nebenbei gesagt, macht er auch noch Heavy-metal- und Synthesizer-Musik. Für ihn bilden diese Errungenschaften des 20. Jahrhunderts keinen Gegensatz zu dem Geist der Frühzeit. Schade findet er es nur, daß er sehr wenig Unterstützung von zweiter Seite erfährt. Es ist erstaunlich, daß in einem reichen Land wie in der Bundesrepublik keine Mittel zur Verfügung stehen und vor allem, daß es auch keine Interessenten gibt, die sich wie er mit frühzeitlicher Musik auseinandersetzen. Nichts desto trotz sieht er alle Größe aus dem vorrangigen Schaffen einzelner Helden und Vorreiter entstanden. Ja auch das Hermannsdenkmal mußte 34 Jahre auf seine Voll-endung warten und war praktishc das Lebenswerk eines einzelnen Mannes. So sieht er dann auch seine Erfolge als eine persönliche Leistung an und er hat zumindest für sich und einen auserwählten Kreis sogar schon ganze Opern und Sinfonien der Urzeit wieder neu entstehen lassen.

Es gibt einige, die heute meinen, daß Orte über Schwingungen und Töne verfügen. Ja, daß Steine an sich schon Klänge aussenden. Da vom Physikalischen her gesehen ohne-hin alles einem bestimmten Schwingungszustand hat, wird verständlich, daß es lediglich die menschlichen Ohren sind, die eben die Schwingungen eines Steines nicht unbedingt hören können. Egal, ob dies nun einzelne in bestimmten Situationen doch schaffen, es ist schön, daß Menschen wie Hermann Z. versuchen, die alten Verbindungen zwischen Natur und Mensch mittels Musik wieder herzustellen. Die Trommel, die den Erdboden erbeben läßt, die Pfeife, die aus Schilfrohr gefertigt wurde und das Säuseln des Windes nachahmt ...

Spendenaufruf

„Für alle, die es noch genauer wissen wollen, seien meine anderen Bücher empfohlen. Vor allem „Hermanns Herrlichkeit". Jetzt sollte ich auf die „Goldene Sänfte" gehievt werden. Wer unterstützt die Arbeit:

Übersetzung der Bücher in andere Sprachen
Öffentlichkeitsarbeit
Germanen für Völkerfreundschaft
Vorleben statt Theoretisieren

Kurz: Alles, was aus den Büchern und Taten hervorgeht."

Spendenkonto:

SCHWERT RING DEUTSCHLAND
VOLKSBANK HORN
Kto. 210 21 97 800,
BLZ 476 900 80

Der Autor

Neue Bücher:

Eine Reihe neuer genialer Bücher sind bei Historia Aktiv™ in Vorbereitung. Fragen sie jetzt und später bei ihrem Fachhändler!

Der Mythos vom heiligen Schwert

Das absolute Muß, nicht nur für Schwertfreunde. Zahlreiche Abbildungen, Europas Schwerter und Urgötter, Alchimie-Orakel, Kriegertum, Alltagsrituale, berühmte Filme, L.R.S., Musik, Schaukampftechnik, Friedensbewegung, „Wilder Mann- und Frauenrecht", Sagas, Kaufhilfen, Pflege, bewiesene Faszination des Kultobjektes in Deutschland.

Minnedurst

Historische Geschichten von derber Lust.
(Nicht von Hermann!)

Sammelband 1
(2 Bücher zum Preis von einem):

1. Finde Deine Krone wieder

Wie man seine eigene Selbstherrlichkeit wiederfindet und in seinem Königreich herrscht.

2. Buch der Kräfte

Welche Kräfte und Einflüsse bremsen und beschleunigen. Das eigene Leben und „der Rest der Welt" als Spielball verborgener und offensichtlicher Kräfte, die jeder heldenhaft beherrscht – oder sich beherrschen läßt.

Beide Werke können nur Geistesblitze sein!

Sammelband 2
(2 Bücher zum Preis von einem):

1. Zeitspringer

Deutschlands sondersame Leute, die Geschichte in ihrem Leben wiedererweckt haben. Von der Runenhexe bis zum Lederdesigner á la Asterix, von Freizeitrittern, Pilgern und Atlantiküberquerern. Sehr unterhaltsam geschrieben.

2. Andere Germanen

Neue Einblicke in die Germanen der Gegenwart. Seine verblüffenden Schlüsse zieht der „lebende Germane" Hermann nicht nur durch Abschreiben differierender Historiker, sondern auch durch natürliche Betrachtung musealer Funde und der Alltagsumstände. Positiv werden im unerschöpflichen Thema Fragen angerissen und durch Vortragsthemen beschrieben. Eine unendliche Hilfe auch für alle Autoren, die wieder mal keine Ideen haben. (Germanen & Umweltschutz, Gleichberechtigung usw.)

Hermanns Herrlichkeit

Neue Einblicke in das Leben des Cheruskers und seiner Inkarnation in unseren Tagen.
„Ich heiße doch nicht Arminius!"
Die unglaublichen Heldentaten (Augenzeugenberichte!). Welch neue Dimension für unser aller Selbstwertgefühl!

German & Romania

Ein Germanen-Multi-Kulti-Märchen für kleine und große Leute (10 – 150 J.). Der Drache vom Externstein erwacht und zeigt zwei Zankenden die uralten Parallelen zwischen Menschen, Natur und Umwelt (Kultur). Ergänzt durch liebevolle Zeichnungen erwacht in jedem Leser die Ur-Kult-Ur.

Historische Bezüge lassen das geniale Märchen in einer verblüffenden Realitätsnähe erscheinen.

Barbarische Balladen

„Neue deutsche Romantik ohne falsche Schnörkel. Vielleicht das Beste seit den Klassikern!" (Poesie hinterfragt – 3/2000)

Nur wer wie Hermann ein heldenhaftes Leben führt, scheint zu diesen Gedanken und Worten fähig. Balladen von: Schwertern, Liebe, Helden, Selbstmitleid, Mut, Zaubertränken, Pflastersteinen usw.

Videos
(mäßige Qualität – mächtiger Inhalt!)

Der Schwertkämpfer Teil 1

Die europäische Schwertfaszination in Mythos, Historie und Gegenwart.

Der Schwertkämpfer Teil 2

Kinderleichtes Schaukampftraining für Männer und Frauen. Ausführliche Tips zum Kauf und zur Pflege der Schaukampfschwerter.

Hermanns Herrlichkeit

Unglaubliche Heldentaten von Hermann. Musik, Völkerfreundschaft, Urkultur. Ein Phänomen des Mannes, der durch Vorleben überzeugt.

Musik
(in Vorbereitung)

Hermann Superhero stellt viele Projekte vor. (Nervt die Lieferanten!) Einige Stücke sind mehrfach oder in abgewandelter Form auf den Tonträgern zusammengestellt. Hier bitte auch unbedingt unsere Homepage (www.historia-aktiv.de) beachten!

Guitar God

Die besten und vielseitigsten Instrumentals des Gitarren Gottes.

German Steel

Metal-Stücke von Hermann (engl.)

Germanen Stahl

Die gleiche CD wie German Steel, nur in deutsch!

Classic Rock

Alte Rock- und Hardrock Stücke (engl.)

Hitting Rocks

Hits und Rocksongs (engl.)

Germanen Felsen

Die gleiche CD wie Hitting Rocks, nur in deutsch!

Universal Union

Reine experimentelle Guitarren Synthesizer Instrumentalversionen.

BEST OF...

...Rock Experience

Englische Rocksong Experimente

...Rock Experience D

Die gleiche CD wie oben, aber in deutsch

uvm.

Akustik

Global Akustik Guitar

Weltweite Akustik Guitarreninstrumentals. Hermann übertrifft sich an Einfallsreichtum und Virtuosität selbst.

Euro-Akustik Guitar

Akustik Instrumentals zu verschiedenen Ecken Europas. Sein Einfühlungsvermögen und die immer neuen Klangstrukturen verblüffen erneut.

Germanen der Gegenwart

Hermanns Raunengesänge, Lyraguitarren und Naturorchester in dem Germanenwuchtwerk. Außerdem neudeutsche historische Schwert und Heldengesänge.

Historia Aktiv Sampler

Verschiedene Musikgruppen stellen unterschiedliche historische Epochen vor.

Kinder werden Ritter - und Sie?
aktiver Schwertkampf, Lederpunzieren, Speerziehen, Mittelaltermode,
englisches Langbogenschießen und, und, und ...